楚影・著
絢日・繪

【主要人物簡介】

蚩　尤

炎帝的部屬，後世傳說的凶神，個性坦率剛毅。上古時期，以復仇的名義，和黃帝在涿鹿展開激戰後敗北，被封印在封魂錄之中。在嬴琦璇的要脅下，暫時化身為人，並承擔起保護她的責任。

嬴琦璇

十七歲，高二生，出身商家的千金小姐。個性善良，有時會流露好勝心。對文史之類的事情頗有興趣，略懂劍術。在放學途中，意外解救了蚩尤，並利用封魂錄成為他的主人。

黃帝

上古時期的部落共主，個性沉穩不屈，自負於首天劍的力量。謀殺炎帝後，在涿鹿之戰擒捉蚩尤，聽從倉頡建議，透過封魂錄封印了蚩尤。

項羿

嬴琦璇父親嬴淵的師弟，個性狡詐。擅長法術，擁有四神獸的力量，以及項羽當初在烏江自刎的利劍，跟蚩尤一樣都想將靈石蒐集齊全。

巫彭

湘山六巫的首領，精通醫術，行事果斷。接受羽民國的請託，成為聯軍的參謀，和曹操一起對抗毛民國。

女娃

炎帝之女，上古傳說溺死於東海，化為精衛鳥，具有非常執著的意念。在太虛幻境偶然遇見蚩尤，後來因為嬴琦璇的關係而不知去向。

【主要人物簡介】

【序】在網路世代召喚心中的南國

◎許宸碩

我和楚影是在網路上認識的。對於我們這群八、九零年代出生的寫作者而言，誕生之時，我們周遭生活樣貌也不斷急遽改變，先是電視遊樂器和個人電腦，然後是網路，再來是智慧型手機。我和楚影也是因為這樣的生活樣貌改變才有緣認識，從臉書好友到私下聊天，到他願意給我看這份作品，請我寫這一篇推薦序。

我認識楚影是從詩開始。這一名詩人已經出了兩本詩集，這一次卻跌破大家眼鏡，寫了一篇長篇小說。我還是得指出，作為作家的第一本長篇小說，這本小說在許多地方都顯生澀。這些生澀除了是因為作家還在學習操練小說這文體，也有另一部分原因可能與作家欲達成的企圖有關。從後者的角度切入，其題材、內容與形式有種隱隱的連結，也讓作品除了故事本身之外有另一種可看性。在這裡，我想引洪崇德替楚影《想你在墨色未濃》詩集做的序開場：「交會於楚國情懷的精神嚮往與現代社會的肉體現實，讀楚影的創作總帶來一種獨特的感受經驗。」

洪崇德寫下此句的脈絡與現在完全不同，但這句話也是我想拿來評論這篇長篇小說的。讓我們從楚國情懷開始吧。從前兩本詩集我們便能看到，楚影不只喜愛使用中國古典的意象、情懷、語句等，他還特別愛好位於中國之南的楚國。這甚至顯現在他使用的筆名上。在這篇小說中，他追溯中國的歷史，直到久遠的涿鹿之戰。在那歷史與傳說尚未開始分界之時，我們平常接受到的史觀總是從勝者黃帝開始，他卻偏偏要從敗戰者蚩尤的角度來看。

蚩尤是南方各民族之始祖，對蚩尤而言，涿鹿之戰是一場他的族人受到屠殺的傷痛記憶，這構成了他整本小說中的最大執念——殺上天庭，對黃帝復仇。也因為這樣的執念橫跨數千年，才讓小說得以開始。

然而，讓作家傾心的並不只有楚國或蚩尤，在龐大的歷史中出現的無數文人武將之故事，都是楚影傾心的對象。但這些人物族群之多、橫跨時代之廣，純粹寫實的故事是不可能有辦法一網打盡的。

於是身為網路世代的他，便取材於網路世代的我們熟悉的電玩遊戲敘事，重新給予每個人物位置。

當然，這是我的看法。我以一種厚臉皮的姿態，認為他與我屬於同一個網路世代，擁有一種共同的電玩遊戲經驗。在我們出生以前，電視遊樂器歷經了Atari 2600歷史等級的崩毀（若有興趣者，可以查查當時火紅的《E．T．外星人》如何被改編成史上最爛的電玩遊戲之一，並導致數以百萬計的爛遊戲卡匣被碾碎埋藏於沙漠），從此北美的電視遊樂器一蹶不振；相對的，在太平洋另一端的日本，任天堂以紅白機開始崛起，隨後是超任，乃至於Sony的PS、PS2世代。直到微軟下定決心，任天堂走出另類風格，才形成如今三國鼎立的家用電玩世代。

我們的童年、甚至青少年記憶有一部分是被那些遊戲所佔據的，比如動作類就不得不提超級馬力歐、洛克人、音速小子、魂斗羅；格鬥類的快打旋風、格鬥天王、VR快打；賽車類的馬力歐賽車、陸行鳥大賽車……。但並不是每個人都有那樣的反射神經去玩這些需要反應速度與熟練的遊戲，與此同時興起的，是RPG（Role-Playing Game，角色扮演）——回合制，解任務，打怪獸與反派，跑劇情，因而不需要特別快速的遊戲反應——是太空戰士（說起來明明是Final Fantasy為什麼是翻作太空戰士呢？）、勇者鬥惡龍（Dragon Quest）、幻想水滸傳，亦或是如薩爾達傳說（The Legend of Zelda）般，兼具解迷、動作與闖關性質的遊戲。

在往後，RPG結合網路，成為了一種新型態的遊戲，MMOPRG（Massively Multiplayer Online Role-Playing Game）。講這樣大家可能不大熟悉，但如果說成Online Game，或以一種不正確的特殊發音方法「骯賴Game」，或許能讓大家更熟悉我想講的是什麼東西。是RO、天堂、魔獸世界……；是和NPC對話、接任務，是與其他玩家互動、合作；是探索廣大的遊戲世界中的謎團。

這些RPG及MMORPG遊戲常常有複雜而久遠的背景設定，而我們作為玩家，便是隨著NPC的指示，到達遊戲中的特定地點，去詢問、給予、採集、對戰、見證，數千年的時間被壓縮在幾十個小時的遊戲體驗中來理解。我們理解遊戲內的歷史的過程，正是我們走過遊戲中不同地點的過程，時間與空間因而產生某種特別的複合，遊戲內的空間因而成為遊戲內歷史的堆疊與痕跡。

對我而言，這本小說建構世界的邏輯也是如此，甚至可以說不得不如此。在這本小說中，楚影虛構了「太虛幻境」。過去史上著名的文人武將都會轉生於這幻境之中，死亡不再是肉體的腐化，而是名符其實的魂飛魄散、形體消失。太虛幻境如此巨大，讓裡面有一種可以連結幻境中各個地點的特殊傳送口「虛空之池」。每當我們的女主角跟著蚩尤，從一個虛空之池跳到另一個虛空之池後，他們面前便可能出現史上、甚至山海經等神話中著名的人物。主角們或與之對抗、合作，或僅僅交流，楚影便以此機會再現他心中的歷史人物。

這趟太虛幻境的冒險之旅，就是楚影想要回溯其想要回溯之中國與南方的歷史，是一場召喚南國之旅。

當然，將歷史題材如此處理，不免有輕巧甚至淺薄的問題；但或許我們也能以另一個視角來看，這篇小說並沒有因為它承載的知識量巨大而導致相當難讀。若將書籍內容比喻為食物，這種「容易入口」的性質的確也是一名小說家該有的技能，而楚影是有作到這點的。

最後，每一篇長篇小說的完成對作家而言都是珍貴的。我認為寫小說像游泳，短篇小說游的距離短，你可以閉氣一口氣游完，但長篇不是如此；長篇小說你要游很久，你要換氣，要慢慢放力氣而不是一口氣游到底——那是一種自身的耐力的折磨，而楚影撐過來了。

這樣的耐力體驗會讓他的寫作開始產生深層的化學變化。或許不是那麼快就能出現效果，但楚影還年輕，我們可以等。或許我們可以期待，當他下一次又開始寫小說後，他會進化到什麼模樣。

目次

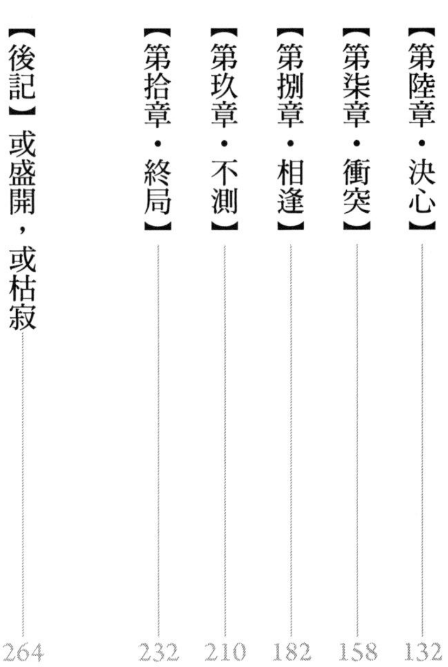

【楔子】

如墨一般濃黑的雲，凝聚在無垠的天空，曠野上寒氣逼人，蔓延悽慘的氣氛，傳來的風聲淒厲，宛如鬼哭。原來，剛剛結束了一場惡戰。戰後的大地上屍首遍布，有的被銳利的箭矢射穿，有的被刀劍砍傷致死，有的被爪牙撕裂喪命，各個血肉模糊，沒有完好的部分。滾滾的塵沙迎面，茫茫的腥味撲鼻，鼓聲已歇，得勝的將士們筋疲力盡，兵器扔在一旁，坐在地上發楞，臉上看不見絲毫勝利的喜悅，反而是驚恐未定的神色，似乎在暗自慶幸還活著。這場惡戰，跟往後戰爭的歷史比起來並不算慘烈，卻是神州大地上第一場決定性的關鍵戰役——黃帝對決蚩尤，也是史稱的「涿鹿之戰」。此刻黃帝軍的主帥帳旁，正在印證「勝者為王，敗者為寇」這句話的意涵。

「蚩尤，你曾說不會被我所擒，而今結果如何？」一名黑髮男子，身穿銀色甲冑，披著深紅戰袍，對面前體型大於自己數倍的怪物，調侃地問著。

「啐！」蚩尤吐了一口唾沫在男子的腳前，「我說黃帝，你是眼瞎了？你挑撥我的死對頭跟我相鬥，讓受傷的我與你的賊軍血戰數日，未曾停歇，最終力竭，以致於有此敗，是天要亡我，並非你的能力高過於我！」

「好個不知恥的怪物，難怪會起兵造反。」

「知恥？真正不知恥的人是你吧？我之所以會起兵討伐你，是因為炎帝有什麼過錯？難道就只是他的人望遠比你崇高，你竟然在筵席上帶兵藉口殺了他！」蚩尤怒目相視，想要起身衝向黃帝，卻因綁在雙手上的鎮魄鏈讓自己使不出力氣而作罷。

「隨便你怎麼說好了，就算這是不擇手段的事實，」黃帝微微揚起嘴角，「仍然會有史家為我美言。」

「混帳……」

「差不多該讓你痛快了。」黃帝從背後抽出一把銳氣逼人，似乎能斬斷萬物的淡靛色的劍，「你的身軀非一般武器所能致命，為了能夠置你於死地，在還沒有對炎帝動手之前，我特地請錡武費時三月，先鑄造出這把劍來。」

「放眼天下，只有錡武懂得鑄真正的劍，原來他投入你陣中啊……？」

「錡武只有一個使命，就是鑄造出極端鋒利的武器。而這樣的劍，有這麼一把就夠了。」

「難道你最後殺了錡武？」

「知道鑄造的首天劍能夠伸張正義，除天下之害，錡武會高興的。」

黃帝說完，高舉首天準備刺向蚩尤的胸膛，而蚩尤早已閉上雙眼，一副覺悟的從容自然，他知道自己不能搖尾乞憐，身為炎帝麾下的第一戰將必須死得有尊嚴。

「大王且慢。」一名穿著樸素，面容和藹，留著山羊鬚的老人，自黃帝身後緩緩走來，發出一種凜然的聲音勸阻著。

「倉頡？」黃帝回身，「你是什麼意思……是要我別殺了他？」

「神兵對魔將，必定會兩敗俱傷，」倉頡痀僂的身子彎得更低，「到時蚩尤雖然是必死無疑，可大王卻也永遠失去了這把劍。」

蚩尤怒道：「要殺快殺，何必多說廢話！」

「倉頡，你的諫言不無道理，」黃帝掃了蚩尤一眼，收回首天，「那麼你說，該怎麼做才是上上之策？」

「老夫此處有一竹簡，名喚『封魂錄』，在祭天的五常之山為九天玄女所贈與，可以容納萬物，即使是像蚩尤這樣的魔將亦能，隨後再將竹簡於五行祭壇鎮壓，準讓蚩尤永世不得再現。」

黃帝聞言，淺笑說道：「既有此物，何不早點獻上？」

倉頡展開封魂錄，對著蚩尤，說道：「永別了，我主之患，蚩尤。」

只見蚩尤一臉如止水般鎮靜，接著被一道無法直視的綠光收入了竹簡之中……

【第壹章・再現】

學校才剛宣布下課，第一個飛也似地跑出教室的人是高二生嬴琦璇，今天是放寒假的第一天，她可不想浪費這自暑假過後等待許久的玩樂時光，因為放假的每分秒都像金錢般珍貴。

嬴琦璇愉快地走在熟悉的回家道路上，她在麵包店前停下腳步，不是因為剛出爐的麵包所散發的香味誘使她駐留，而是天空正飄著細雪，雖然說她不是沒看過下雪的情景，不過這場雪，可是從去年入冬之後到現在的第一場雪，讓嬴琦璇感到挺開心的。

嬴琦璇雙手做了個捧著的動作，看著輕盈落下的雪緩緩留在手上，她微笑望著天空，卻意外看見一個黑點朝她墜來。

嬴琦璇愣住了，她想閃開，可是腳卻像被磁鐵吸住一般，不論她如何死命掙扎，就是動也動不了，她眼睜睜地看著那怪東西越來越近，越來越近，終於——砸在她額頭上。

「噢！」嬴琦璇跌坐在地，順手撿起手邊那從天而降的怪東西。

她看著怪東西，那是一個用紅色細線捆得緊實的竹簡，怎麼看起來有點老舊？這又是誰的東西？不過這些都不是嬴琦璇最疑惑的問題——到底為什麼，它，會從天上墜落下來砸到自己？

嬴琦璇眨了眨眼，如貓的好奇心開始慫恿她把竹筒打開，正當她要解開的時候，竹筒突然搖動了起來，嚇得嬴琦璇一臉恐慌，隨手將竹筒扔到一旁。

「噢！」這次換那怪竹筒發出摔倒的叫聲。

「你……你是什麼鬼東西啊？」

「還不快點幫本大爺解開這該死的封印！」那怪竹筒在地上搖動，怒氣沖沖地命令著。

「竹筒居然會說話……」嬴琦璇倒退數步，想轉身就跑。

不過看來怪竹筒挺識時務，馬上說道：「請妳看在我這麼可憐的份上，幫個忙解開紅線吧！」

嬴琦璇冷靜下來，看了這情景只覺得好笑，一邊低身拿起了怪竹筒，一邊說：「我也不是沒有良心啦，今天就當作日行一善吧。」

「太好了，快解開吧。」

嬴琦璇鬆開紅色細線，將竹筒緩緩展開，突然一道刺眼無比的綠光，以迅雷不及掩耳的速度從竹筒內朝四方衝了出來，嬴琦璇連忙用右手遮住雙眼，她可不想因為這奇怪的綠光而害眼睛得到什麼後遺症。

綠色閃光過後，嬴琦璇小心翼翼地放下右手，想要看看到底發生了什麼事情，卻被眼前景象驚訝得說不出話來。

飄漫在四周的青煙散去後，嬴琦璇的眼前出現一隻牛頭人身，比她大上數倍的怪物，那怪物穿著暗紫色的破爛盔甲，一雙牛角崢嶸，左右的牛耳各穿了兩只金色的耳環，四隻眼睛怒睜如銅鈴，六隻人手又粗又壯，一副凶神惡煞的樣子。

「你你你……到底是什麼怪物呀……」

「我？我是蚩尤！」

「蚩、蚩尤？」

蚩尤看著眼前的嬴琦璇，說道：「妳有問題是嗎？」

「我對文史一類的事情很有興趣。你不是被殺了嗎？」嬴琦璇漸漸不再感到害怕，跟有點「人情味」的蚩尤聊了起來。

「傳說歸傳說，一般的武器對我的身體，很難造成嚴重的傷害，誰能殺得了我？」蚩尤伸了個懶腰繼續說著，「不過該死的黃帝，在那場涿鹿之戰將我捉住後，聽了倉頡的建議，把我封印在那個竹簡裡。呼，總算重見天日了！」

「你又是怎麼掉落到這裡來的啊？」

「這個封印著我的竹簡，倉頡說它叫『封魂錄』。我的部下風伯跟雨師，將封魂錄給盜了出來，卻被守衛的五行兵卒發現，倉促之間，我就從天界掉了下來。」

「原來是這樣，那你現在該怎麼辦？」看到蚩尤落魄的樣子，嬴琦璇替蚩尤感到可憐，也發現蚩尤並沒有傳說中恐怖，其實還滿好溝通的。

「我當然想對黃帝復仇，只可惜以我現在的力量，根本不夠跟黃帝相抗衡。」蚩尤講到這裡，不禁嘆了口氣。

「總該有辦法吧？」

「有啊。」

「說來聽聽吧。」

「剛剛風伯帶著我逃出來的時候，雨師就跟我說自從女媧補天之後，剩下十四顆沒有燒煉的靈石，流落在人間界某處。只要蒐集到全部之後吃下去，就可以得到巨大的力量。」

「那靈石在人間的什麼地方？」

「不知道，得慢慢尋找吧。」

「感覺好像很有趣。」嬴琦璇喜歡冒險，不過她看了看四周，卻發現路過的行人對著她指指點點的，「他們幹嘛一直看著我說悄悄話啊？」

「因為他們看到妳自言自語，」蚩尤忍不住笑，「又不是每個人像妳一樣可以看得見我，現在只有妳聽得到我說話。」

「什麼意思呀？」

「就是擁有靈力的人才看得到我，正常的人是看不到的。」

「那你是說我不正常了？」

「的確很不正常，因為我感受到妳身上有一股靈氣。」

「靈氣？我聽不懂。」嬴琦璇歪著頭。

「這是我的直覺，哈哈！」

「呃……」嬴琦璇只覺得臉上三條線，接著她提出了一個要求，「對了，你可不可以改變一下面貌呀？這樣子的你……我覺得很難看耶。」

「妳在說什麼！這樣子的我可是很威風的啊！」

「那我要再把你封印起來。」

「就憑妳？」蚩尤看著嬴琦璇，「妳不可能封印我。」

「我就不信！」嬴琦璇展開封魂錄對著蚩尤，深吸了一口氣卻遲疑著，「嗯……要說什麼才好呢……」

這時的蚩尤已經開始爆出一陣陣狂笑，準備看戲。

「好，」嬴琦璇閉起眼睛喊著，「封印蚩尤——！」

蚩尤和無視他存在的眾多路人一樣，不但對嬴琦璇的舉動感到傻眼，也都覺得她瘋了。

但是事情卻不是蚩尤所想像的簡單，蚩尤在嬴琦璇說完話的那一瞬間，還來不及反應，就澈澈底底連影子都不剩地被吸進封魂錄之中。而封魂錄隨即自動捲了起來，紅線也馬上捆了緊實，被嬴琦璇握在手裡。

「真的就這樣被我給封印起來了……？」

「怎麼可能？」蚩尤作夢也沒想到，「快點給我解開封印！」

「再說再看再考慮囉！現在我要先回家填飽肚子！」

「妳!可惡的女人——!」封魂錄猛烈地搖動,「放我出去!」不過贏琦璇卻裝作視而不見,聽而不聞,把封魂錄收進了背包裡,然後得意洋洋地將背包背好,哼著輕快的旋律走回家。

贏琦璇回到家之後,平常吃個飯都要讓侍女三催四請吃上半天的她,這次只花十分鐘就把飯菜吃了乾淨,馬上提著背包跑回自己的房間去。

贏琦璇鎖好房門,坐在床上,從背包裡拿出了封魂錄,嘲諷地問道:「嘿,蚩尤,你還好嗎?」

「被封印在這鬼東西裡那麼久,好不容易出來之後又被封印起來,怎麼可能會還好!」蚩尤自從剛剛一路上沒有得到贏琦璇回應之後,已經悶了許久,這下聽見她的聲音,覺得十分刺耳。

「你想不想再次出來透透氣?」

「那妳還不快點把紅線解開!」

「解開紅線是小事,不過你得答應我三個條件。」

「贏琦璇!妳不要在我面前耍花樣!」

「咦?你怎麼會知道我的名字?」

「剛剛砸在妳頭上的時候,我就知道了,妳趕快解開!不然妳就走著瞧!」

「蚩尤，話不要說得太滿比較好喔，你不知道你現在能否出來取決於我嗎？」

「好吧，妳說說看妳的三個條件吧。」

嬴琦璇早知道對付蚩尤這種野獸頭腦，最好的辦法當然是攻心為上。順利讓蚩尤服從的她馬上說出自己的條件：「第一，我要你出來之後，承認我是你的主人；第二，你出來之前，給我改變成男人的面貌和性情；第三，如果你不聽我說的話，我會把你封印回封魂錄裡，而你不得有任何的怨言。」

「啐！真是三個無言的條件！」其實另外兩個條件對蚩尤來說都不是問題，只有第一個條件讓他答應不了，因為有這樣的女人當自己的主人，真是讓他在上古時的威名盡失！

「不答應就拉倒，你就繼續在裡面待上幾千年吧。」

「好啦！妳說的我都答應你，趕快放我出來吧。」

「記得，不要給我怪物的樣子出來喔，不然你就得再被封印起來。」

「知道了、知道了。」

嬴琦璇迅速地解開紅線，跟原先解開封印時一樣，刺眼無比的綠光向四面八方射了出來，不過這次她沒有看到怪物的蹤影，反而是一名衣著整齊，坐在她床上的淺咖啡色短髮男子。

「你、你是蚩尤？」

「對啊，不然妳以為是誰被妳封印起來？」

「天哪！這不會是真的吧？」嬴琦璇打死都不相信他會是之前那個看起來凶惡殘忍醜陋無比

堪稱世界第一的蚩尤。

「那我變回原樣好了，說實在的，這個人模人樣還真不習慣。」蚩尤搔了搔頭，一臉難受的樣子。

「千萬不要變回來。」嬴琦璇此時非常滿意蚩尤嶄新的面貌，他要是變回來，她會封印他一輩子，「回到正題，你現在要從哪裡開始找起十四靈石呢？」

「這附近有沒有什麼特別的地方？」

「我也不是很清楚耶，不然這樣，我把出外的東西準備一下，然後我再去問問彩嬛好了。」

「妳問誰都無所謂，能打聽到情報就好。」

嬴琦璇把背包裡的東西倒在床上，然後揹起，向蚩尤投以一個笑容，打開了房門招手示意：「走吧，我們到大廳去找彩嬛。」

「嗯。」蚩尤起身，尾隨在後。

嬴琦璇裝作沒事的樣子，雙手在身後扣著手指，來到大廳，站在正在落地窗前深思的彩嬛身後。

「彩嬛姐，」嬴琦璇輕輕拍了一下彩嬛的右肩，「妳在想什麼呀？」

彩嬛先是一愣，轉身看見嬴琦璇對著她微笑，也微笑搖搖了頭回答：「我沒在想什麼事，只是在發呆而已。琦璇小姐，妳找我有事嗎？」

「確實有事想問彩嬛姐。彩嬛姐，妳知道這附近有沒有比較人煙稀少的地方？」

「琦璇小姐，妳設問的前提都已經是人煙稀少了，那妳還拿這種問題來問我？不是要讓我想破頭了嗎？」彩嬛搖了搖頭。

「好吧，那我再去問問看其他侍女和燕軒他們吧，也許之中有人可以提供我一點線索。」

「對了，琦璇小姐，我之前有聽董事長聊天時提到過，也許那個地方是妳要找的。」

「妳聽我老爸講的？是什麼地方？」嬴琦璇此時的眼神，就像在茫茫沙漠中看到綠洲般渴望。

「兩天前，柳老來這裡作客，我在送茶的時候，聽見柳老要董事長找個時間跟他去潛龍潭，董事長聽完之後，就叫我離開大廳，再來的事情我就不知道了。」

「可是以前我去過潛龍潭，那裡位於桃花樹林深處，而入口被一塊巨大無比的岩石給封閉住，跟外界隔絕，柳老要我老爸去潛龍潭幹嘛？」嬴琦璇百思不得其解，轉頭看著身旁一直聽她和彩嬛對話的蚩尤。

「看來我們得去潛龍潭，十四靈石或許在那裡。」對蚩尤而言，他是說什麼也不能放過任何一個可以尋找到十四靈石的機會。

「嗯。」嬴琦璇往大門跑去，「彩嬛姐，我老爸回來了，請幫我轉告他說我去潛龍潭一趟，晚點才會回來！」

「等等，琦璇小姐！」彩嬛從後面追了過來。

「不用擔心啦！再見！」嬴琦璇頭也不回，打開大門離開。

當嬴琦璇和蚩尤穿過已經被白雪鋪蓋一層的花園，走到嬴宅對外的銀門時，一名全身裝扮黑色的人，摘下黑帽，從赭色圍牆上跳了下來。

「琦璇小姐，妳要去哪裡？屬下送妳去。」

「燕軒，不用了啦，我自己去就好了，更何況護衛嬴宅的安全是你的工作，我可不想害你被我老爸責罵怠忽職守呢。」

「琦璇小姐，妳這樣說就太見外了，嬴宅外圍還有別的護衛在，內部有八劍侍女，我送妳出去對嬴宅的安全是不會造成影響的，而且護衛琦璇小姐也本來就是我的工作之一。」

燕軒說了一堆理由，嬴琦璇知道他只是想讓自己的偷懶名正言順而已，而她想了想，也罷，潛龍潭滿遠的，就叫燕軒開車載她去吧。

「那好，既然你有理由，就讓你開車送我去吧。我要去潛龍潭。」

「去潛龍潭？屬下知道了。」

燕軒開著銀色轎車，載著嬴琦璇和他看不見的蚩尤，過了一個小時加上顛簸的山路車程，來到通往潛龍潭的吊橋旁邊。

「琦璇小姐，從這邊再走過去就到了。」燕軒將車停好下了車，為嬴琦璇開了車門。

「嗯，我知道。燕軒你可以回去了。」

「琦璇小姐，屬下不能放妳一個人在這裡。」

「老爸說你們都要聽我的，我會沒事的，你就先回去啦。」

「這……那好吧，琦璇小姐妳要回來的時候，務必通知我來載妳。」

「好，再見。」

目送燕軒開車離開後，嬴琦璇和蚩尤就趕去潛龍潭。

雖然現在是冬天，不過這裡氣候卻異常溫暖。兩人走過吊橋後，又走過桃花樹林，嬴琦璇和蚩尤來到了潛龍潭入口前，意外看見巨石從中間被斬成兩半，裡面看起來有條通道，隱約有光。

「蚩尤，你看，潛龍潭的巨石被劈開了。」嬴琦璇詫異著。

「這就表示，有人先進去裡面了，我們趕快進去看看吧，萬一真的有靈石的話就糟了。」蚩尤說完，馬上從巨石裂開的夾縫闖了進去。

「等我一下啦！」嬴琦璇二話不說，也跟著進去。

嬴琦璇跟在蚩尤身後，狹窄且漫長又有點潮濕的通道中，雖然從遠處那端傳來一點光線，但在對於一片漆黑的情況下，卻是顯得那麼微不足道，這讓嬴琦璇原先拉扯住蚩尤衣服的手更緊抓不放了。

隨著出口所在的光線越來越強烈，嬴琦璇和蚩尤走出通道後，眼睛卻因為無法適應光線而緊閉起來，彼此都過一陣子才緩緩睜開雙眼。

嬴琦璇和蚩尤站在一座小山上看著山下的景物，嬴琦璇越看越愣，她不敢相信自己眼前所見到的，她今天已經驚訝太多次了，再驚訝下去只會讓她覺得她在作夢。她看見一片平坦寬廣的草原，排列整齊的房屋，還有種滿作物的田地、清澈的水池，更有無數飛鳥，和滿山的樹林。

「天哪！」嬴琦璇又再一次驚訝，這不是課本教過的？陶淵明所寫的桃花源嗎？

「琦璇，妳怎麼了？」蚩尤偏著頭看著嬴琦璇。

「因為這裡是一個歷史人物所撰寫的場景，叫做桃花源，是一個夢想中的地方。我從來沒想過，這個地方會真的存在。」嬴琦璇邊回答邊看著蚩尤，卻也發現一個問題，「蚩尤，你怎麼感覺比之前還要更真實啊？」

「這裡的靈氣很特別，好像一切隱蔽都會被迫現出原形……也就是說，從現在起不管是誰，都可以看到我。」

「反正沒差吧，你這種帥氣的模樣，沒人會知道你是那個在上古時代惡名昭彰的蚩尤。」

「惡名昭彰……聽起來不是什麼好事。」

「我說你惡名昭彰就是惡名昭彰，總之主人說的話，你聽著就好，不要有那麼多意見。」

「知道了。快走吧，我們下山去尋找十四靈石。」蚩尤乖乖地結束意見，催促她下山。

嬴琦璇和蚩尤充滿好奇地走在路上，看見田間的小路阡陌交錯，雞啼和狗吠聲此起彼落，在耕田辛勤工作的男女，衣著跟古代劇的演員所穿的很像，只不過他們多了點現代人所沒有的自得其樂。

人們看見嬴琦璇和蚩尤，先是驚訝連連，隨即將兩人請到一處空曠的場地中央，設下筵席，擺酒又是殺雞，做了一道道的佳餚來招待他們。

桃花源村民們圍了一圈又一圈，好奇萬分地看著身穿「奇裝異服」的嬴琦璇和蚩尤。嬴琦璇覺得十分尷尬，臉紅了起來；反倒是蚩尤，自以為萬民朝拜，得意洋洋地笑著回應村民們。而在酒宴上，看似是桃花源代表的長者，拄著楞杖，站了起來對著嬴琦璇和蚩尤各敬了一杯酒，接著吃力地坐好，說道：「咱們桃花源再見到外人，得從我祖父的祖父的祖父再祖父等等先前老祖先所流傳下來的那一段故事開始算起，也已經過了一千多年了。」

蚩尤豪邁地一邊吃肉喝酒，完全破壞了在嬴琦璇眼中的帥氣形象，一邊問道：「什麼故事啊？說來讓我知道吧。」

嬴琦璇給了他一記白眼回答：「就是我剛剛在山上跟你提到的桃花源記啦。」

「那一個名叫做什麼……叫……」老人皺著眉，似乎想要說什麼。

嬴琦璇知道他的腦袋不太靈光，應該是有老人痴呆症了。

只見老人身邊一名青年拊耳提醒道：「爺爺，是陶淵明。」

老人聽了之後，像是得到什麼天大的恩賜一樣，說道：「對對！就是那個叫陶……陶淵明的外人啊，他可是第一個來到我們桃花源的客人，沒想到會有人再次造訪此處。」

「陶——陶淵明他真的來過桃花源？」嬴琦璇差點沒把喝下的泉水給噴出來。

「是啊，他確實來過，告訴我們暴秦已亡，漢朝祚殞，魏晉紛亂。不過他一走，就再也沒有回來了。」

「他為什麼不回來？這裡風景優美，根本是仙境。」蚩尤抹抹嘴巴，打了個岔。

老人拈了拈下巴雪白的長鬍鬚，緩緩答道：「有時候，偶然發現的事，才是最清楚的。」

嬴琦璇聽了後，了解地點了點頭，蚩尤卻是聽得一頭霧水，因為他根本不知道桃花源記的故事。

「兩位該如何稱呼？所為何來？」老人禮貌性的問著，也順便為自己做了個介紹，「老朽名喚鄭雙，這裡的人們都只管叫我鄭老。」

「我叫嬴琦璇，」嬴琦璇看了看身旁又在大魚大肉吃著的蚩尤，蹙眉了起來，「他……他叫……」

嬴琦璇苦惱著——不行啊，「蚩尤」這名字說出來能聽嗎？可以聽是沒錯，但是在這思想迷信的古代，只會被視為招來不祥的人，得幫他想個「人性」點的名字才可以。

「他叫劉羽信。」嬴琦璇情急之下，想到秦國算是被劉邦、項羽和韓信滅掉，於是取三人各一字而成，「我們是來找潛龍潭的。」

「嬴姑娘和劉公子兩位要去潛龍潭？」鄭雙換了勸告的語氣，「老朽勸你們別去的好，那裡是咱們桃花源千年來的禁忌之地，裡面有條蛟龍在。咱們跟蛟龍是井水不犯河水，沒有發生過什麼衝突。」

聽到潛龍潭有條蛟龍，蚩尤蠢蠢欲動，說：「哈哈！管它是什麼蛟龍，最好不要落到我手中。」

「鄭老，您可以帶路嗎？」嬴琦璇隨即補上一句。

鄭雙咳了咳嗽，嘆口氣說道：「老朽今年七十有五，通往潛龍潭的路上雖說不是崎嶇難行，但也會折騰到這身老骨頭，叫我的孫兒帶你們去好了。」

此時嬴琦璇和蚩尤的視線，不約而同地轉到鄭雙旁邊那名剛剛說悄悄話，身材十分壯碩的青年臉上。

青年看到兩人的目光，正看著自己，不禁靦腆地笑了笑，起身點頭說道：「請兩位跟我來。」

一聽說要去潛龍潭，圍觀的人群紛紛讓出一條大路讓三人行走，並尾隨其後。

在前往潛龍潭的途中，嬴琦璇得知這名青年是鄭雙的大孫子，年方十九，名叫鄭咸，兩眼炯炯有神，體格魁梧，不過跟蚩尤比起來，俊俏還是差了那麼一大截。

三人和一群看熱鬧的桃花源村民，走過一段不算平坦的山路，來到離潛龍潭只剩數十步的距離外停下了腳步。蚩尤看了看潛龍潭四周，只見槐樹在潭邊附近棵棵翠綠，也發現這潭實在大得不像話，一片碧藍如黛，連對岸也望不到。

吸了一口大氣，鄭咸說道：「這裡就是咱們的潛龍潭了。怎麼樣，頗為可觀吧？不過話說回來，咱們桃花源可是靈山秀水，這潭會如此廣闊，也是在敵情之中，哈哈！」

「抱歉，鄭咸，我並不是要掃你的興，只不過我真的沒有那個心情來看風景。」蚩尤對著潛龍潭吼著，「潭裡的蛟龍！給我滾出來！」

聽罷，鄭咸呆若木雞，顫抖起來，轉頭看著蚩尤發問：「劉……劉大哥……你……你……你在說什……什麼呀……」

突然間，潭面起了一陣陣狂瀾，天空也頓時烏雲密布，雷聲不絕於耳，看見此情此景的鄭咸連爬帶滾跟著身後驚慌的桃花源村民們作鳥獸散，留下嬴琦璇和蚩尤兩人在潛龍潭前。

一種低沉的嘶吼聲自潭底傳了出來，掀起沖天巨波，水花濺滿了嬴琦璇和蚩尤一身，兩人看到一條黑色的蛟龍，正在潭面對他們張牙舞爪。

「兩個活得不耐煩的桃花源村人啊，今天為何來潭邊吵醒我？是想要讓我教教你們什麼是死亡嗎！」蛟龍說完，尾巴一拍，將潭水又揚起四濺。

「我看，」蚩尤微微一笑，絲毫不將蛟龍放在眼裡，「你才是不知道死亡是什麼滋味吧？」

蛟龍聽了，吼著：「你這小子未免太過自大！若我高興，大起殺性，整個桃花源我可以讓它消失！」

嬴琦璇見蛟龍口氣越發凶狠，忍不住對蚩尤小聲問道：「你把牠惹火了耶……」

蚩尤不在乎蛟龍是否真的動了脾氣，由原先的微笑變成冷笑：「不用怕牠，要是我現出真正原形，牠不跟我求饒才怪……」

「你就這麼想被殺嗎！」

不等蚩尤說完話，蛟龍尾巴就朝著他掃了過來——「啪」的一聲，蚩尤被打飛得老遠，趴在嬴琦璇後方的草地上。

嬴琦璇連忙跑到蚩尤旁邊，蹲下身看著他，她的眼淚差點奪眶而出。蚩尤站了起來，吐了一口血沫，擦擦嘴角，冷酷地說道：「啐！真的流血了……」

「你沒事吧？」嬴琦璇急切地問著。

「我沒事，這一點小傷根本算不了什麼，妳找個地方躲著，我要先說聲抱歉，因為我得現出原形。」

嬴琦璇聽蚩尤的話，跑到後方一棵槐樹後面躲著，雙眼仍然盯著蚩尤看。

蛟龍見到蚩尤站了起來，咧開血盆大口獰笑道：「真想不到你還沒死，不過這樣就更有被我殺死的價值。」

「該死的是你。」

蚩尤說完，一道綠光從身上蔓延到周圍，接著四散了出去。綠色閃光後，出現在蛟龍眼前的，是嬴琦璇最初遇到的那個蚩尤。

「你、你是……？」蛟龍打量著蚩尤，口氣漸漸開始有雷聲大雨點小的趨勢。

「怎麼？」蚩尤吼了起來，「你知道我是誰嗎？」

「不可能……傳說蚩尤死了……」

「我就是蚩尤！」蚩尤從右邊的第一隻手，變出了一把斧鉞，「給你一個機會。給我說！靈石有沒有在這裡？」

「靈石？」蛟龍的神色突然凶狠起來，「我不會把它交給你的！」

「交出來！」

「已經被我吃下去一千年了，交給你？笑話！」

蛟龍捲起幾波潭水攻擊蚩尤，蚩尤連忙用六手掩面擋水，蛟龍就趁著這個空檔，迅速地的潛回了潭底。

嬴琦璇這時走到了蚩尤身邊，問道：「蛟龍逃進潭裡了，怎麼辦？」

「看來這傢伙不知道我的厲害。」蚩尤先將嬴琦璇輕放在自己肩上，要她緊抓好，接著將斧鉞高高舉起，朝著腳下的潭邊奮力一劈。

嬴琦璇感覺天動地搖，看見一道紅色的波動朝對岸斬了過去，而潭面就像聖經所寫摩西分開紅海一樣的驚奇無比。對岸被巨波劃出了一條深廣的渠道，於是潛龍潭裡的潭水就順著渠道狂流了出去，在前面的山崖傾洩而下，成了桃花源有史以來最壯觀也最短暫的瀑布。

經過一段時間，潭水流乾，幾百條魚在潭底活蹦亂跳著，嬴琦璇看了，忍不住說：「蚩尤，你看，你的一個動作，真是傷及無辜。」

「叫那些魚，要恨就恨那條的蛟龍。」蚩尤把嬴琦璇從肩上輕拿下來，讓她在草地上站好之後，恢復了男人的樣貌，走進遍地泥濘的潭底找著蛟龍的蹤影。

嬴琦璇站在潭邊用眼搜尋著蛟龍的下落，在一箭之地的距離外，她看到一條黑黑的物體匍伏在地，心想那一定是蛟龍，於是她對跟蛟龍反方向尋找的蚩尤喊道：「蚩尤，蛟龍在那一邊！」

蚩尤朝嬴琦璇手比的方向看著，視力極好的他果然看見那條畏戰而逃的蛟龍，暗紅色的龍血流了一地，腹部看起來像是被剛剛蚩尤斧斬去的巨波給劃開了，其中有東西在發著微弱的光芒。

蚩尤招呼嬴琦璇一起過來察看，只見龍腹中有一個比手心略小一些的琥珀色石頭在發光著，蚩尤低下身子伸手拿起了石頭，高興的說：「哈哈！這就是十四靈石？比起一般的石頭還來得更有靈氣。」

「那我們先回去吧，我沒有帶衣服來耶。」嬴琦璇指了指身上。

「也好，反正都得到手了，我們就先暫時告別桃花源，回妳家休息一晚，隔天再來尋找其他的靈石。」蚩尤點了點頭。

主意已定，於是兩人一邊看著天邊的彩霞，一邊往桃花源村的方向走去。

嬴琦璇和蚩尤離開潛龍潭後一段時間，一名穿著灰色風衣的年輕男人，從路的另一邊匆匆趕來，也不管潭底滿是死魚味踏了進去，走到已經招來些許蒼蠅的蛟龍死屍旁邊，一腳用力踩在蛟龍頭上，蛟龍的頭馬上深深陷入泥濘之中，接著看到蛟龍腹部已經被剖開，男人更是狠狠地罵道：「可惡，來遲了一步……」

【第貳章・異境】

嬴琦璇和蚩尤回到了桃花源村，馬上就被村民們圍了起來，鄭雙在鄭咸的攙扶下，拄著枴杖不解地問：「剛剛鄭咸他們狼狽逃回來後，風雲變色，雷聲不停，隨即發生一場短暫的地震，兩位能否告知老朽，這究竟是怎麼回事？」

蚩尤搖搖頭，像是沒發生什麼大不了的事情般回答：「我把那條蛟龍解決掉了。」

眾人們立刻爆出一陣譁然，鄭雙更是顫抖著身子鞠躬說道：「感謝……感謝劉公子相助……為咱們桃花源除去了大害……」

「除去大害？」嬴琦璇趕緊扶起鄭雙，「您不是說你們跟蛟龍是井水不犯河水嗎？」

鄭咸掩不住聽到好消息的喜悅，笑著解釋：「話是這樣說沒錯，但是緣由得從陶淵明離開後說起。陶淵明回去之後，一切都很平靜，但過了六百多年，出現這條蛟龍，揚言不交出靈石，就要毀滅桃花源，於是老祖先在不得已的情況下，把陶淵明贈於我們的靈石，奉獻給蛟龍，蛟龍這千年來才沒有興風作浪。說真的，咱們每天都過著提心吊膽的生活，害怕哪天蛟龍不遵守約定，從潛龍潭底現身，毀掉桃花源。」

「哈哈哈！不過你們可以放心了！蛟龍已死，桃花源能繼續過著與世無爭的生活了！」蚩尤開懷笑著，似乎暫時忘記了戰鬥才是他最熟悉的。

「劉大哥果然豪氣萬千，咱們今晚就來開個盛大宴會吧，慶祝蛟龍已除！」鄭咸興奮地提議，馬上得到眾人們的歡呼贊成。

蚩尤聽了，看了嬴琦璇一眼，婉謝說道：「我知道你們很高興，但是我們現在必須先回去一趟，隔天再回來接受你們的款待吧？」

鄭咸聽了，也不強求，莞爾一笑：「也好，盼嬴姑娘和劉大哥速去速回，免得咱們心裡牽掛你們的恩情。」

於是嬴琦璇和蚩尤，在桃花源村民們的簇擁下，朝著原來的路回去，當他們兩人走到小山上的通道入口時，聽見了山下鄭咸那中氣十足的聲音：「嬴姑娘和劉公子，咱們再見！」

蚩尤仍然開懷笑著，對著山下喊道：「我們會回來的！」

接著兩人踏進狹窄又潮濕的通道，走了一會，回到巨石裂縫入口時，看到現實世界跟桃花源一樣是黃昏，才放下心來，通過吊橋後，嬴琦璇拿出手機打給燕軒，要他來載自己。

這時，嬴琦璇看著蚩尤，問道：「你現在還要隱蔽起來嗎？」

「你都說我這模樣很好，我幹嘛要隱蔽？」

「說得也是。」嬴琦璇笑著。

等了許久，燕軒才開著轎車來到他們面前停著。

燕軒看到蚩尤，馬上帶著警戒心發了問：「琦璇小姐，這位是誰？」

「他是我的好朋友啦，我們約好一起來這裡看看。」嬴琦璇一邊打哈哈，一邊用手肘撞了下蚩尤的肚子。

蚩尤明白嬴琦璇的意思，於是點頭對燕軒說道：「你好，我叫劉羽信。」

「原來是琦璇小姐的好朋友。你好，來，請上車。」燕軒稍微放下對蚩尤的顧慮，對著兩人笑了笑。

在車途中，嬴琦璇刻意跟蚩尤天南地北地聊了起來，原本一聲不吭的燕軒突然開了口：「琦璇小姐，這三天來，妳上哪裡去了？」

「三天？我不是才離開幾個小時而已嗎？」

「琦璇小姐，妳這個笑話一點也不好笑啊！董事長剛剛從國外一回來，發現妳不在，我們這些護衛，可是為了妳被董事長罵得狗血淋頭耶。」

「抱歉啦，燕軒，我老爸……他還在生氣嗎？」

燕軒一邊小心地開車，一邊不以為然地回答：「不說這了，我現在得趕快把妳送回家去，不然我鐵定吃不完兜著走——畢竟那天可是我送妳出去的。」

回到嬴宅之後，燕軒帶著嬴琦璇和蚩尤來到大廳，只見彩嬛和嬴淵正在大廳等她回來。

「琦璇！這三天妳去哪裡了？」嬴淵劈頭就開罵。

「人家只是到潛龍潭附近去玩玩而已嘛……」嬴琦璇低著頭，以往的經驗告訴她，當她老爸生氣時，最好不要看著他，然後再對他稍微撒嬌一下，她就贏了。

「妳不知道那裡很危險嗎？就算要去，也要讓燕軒或彩嬛他們護衛著妳才可以！」

「潛龍潭哪會危險嘛。老爸，那裡一大片桃花瓣紛飛，真的很美耶。」

「妳啊！我真是拿妳這丫頭沒辦法。」嬴淵搖了搖頭，對著彩嬛吩咐著，「彩嬛，從現在開始，八劍侍女全都守在大門前，不准讓琦璇出去。」

彩嬛看著嬴琦璇，回答：「是……我知道了。」

接著嬴淵又對燕軒吩咐道：「燕軒，只要琦璇離開銀門，我就唯你是問！」

「是，屬下明白。」燕軒知道會被這樣命令也是理所當然的，因為他已經有前科了。

嬴淵吩咐好一切之後，看見站在嬴琦璇身後的蚩尤，問道：「這個人是誰？」

蚩尤聽到嬴淵正在問自己的身分，於是他向前點頭回答：「你好，我叫劉羽信，是琦璇的好朋友。」

「琦璇的好朋友？你在這裡可以不用太拘束。」嬴淵接著像是察覺到了什麼，「劉羽信，你身上有什麼奇特的東西嗎？」

「沒有啊，我身上沒有什麼東西。」蚩尤此時也警覺到，嬴淵並不是個他想像中那麼好對付的角色。

「是嗎？那就是我太多心了。今天你就住一晚吧，來，我帶你去餐廳吃個飯。」

「謝謝。」蚩尤不得已，只好跟著嬴琦璇和嬴淵，前去餐廳吃飯。

嬴琦璇在洗完澡、吃過飯後，換了一套便於行動的黑色服裝，馬上拉著蚩尤跑回了自己的房間，迅速地將門鎖好，跟蚩尤坐在床邊，緊張地問：「蚩尤，我老爸他竟然發現你身上有靈石的存在耶。」

「是啊，妳老爸不是一般人，此地對我來說不宜久留，待越久，我怕我的身分遲早被他拆穿。」蚩尤已經了解到嬴淵的靈力非比尋常。

「一定跟柳老有關係。」

「柳老？怎麼說？」

「因為柳老是個陰陽家，我老爸有對他拜師，所以柳老也常常帶我老爸去一些像潛龍潭那樣的地方，進行什麼靈力修練。」

「那我得現在離開這裡，不可以再待下去了。」蚩尤不安地說著。

「我老爸酒量很差，偏又愛逞強，剛剛的飯局上你也看到了，他已經醉倒被彩嬛和燕軒扶回房裡去，我們要走就趁現在。」

「我們？」

「對啊，不然你想一個人走？」

「因為該走的是我，妳跟我走的話，彩嬛和燕軒都會受到責罰的，我不想拖累他們。」

「主人說的話要聽，我們走吧，回桃花源去。」

「可是，大門有彩嬛，花園邊有燕軒，妳打算怎麼做？」

「你的智商真的跟野獸一樣低耶。」

「快說吧。」

「你先現出原形，然後到花園中製造混亂，讓彩嬛和燕軒發現你，再來我會在大門口等你，你就趁機把我帶出去。記住，點到為止，不要傷了他們。」嬴琦璇說出自己的計畫，雖然她不是很有把握能成功，不過現在也只有這步險棋可以走了。

蚩尤想了一下，決定實行這個計畫。於是蚩尤先從嬴琦璇房間的窗戶跳了下去，趁著黑夜，來到花園中央的水池邊，現出原形，然後發出吼聲，想要引起護衛們的注意。

此時守在花園東南方以及西南方的燕軒跟李遷，聽見花園中央傳來的哮吼聲，同一時間趕到了現場，卻被蚩尤的氣勢所震慄。

「李……李遷……這怪物是……」燕軒雙眼直盯著蚩尤，沒見過這麼令他害怕的東西。

「燕軒，你快去找其他人過來，另外叫人去喚醒董事長，我先在這裡拖延一陣子。」

「好！李遷，你撐著點！」燕軒馬上離開現場前去求援。

看著蚩尤的李遷露出了苦笑：「這次的情況……你們得快點來，我不覺得我可以擋多久……」

沒多久，八劍侍女和燕軒等人趕到現場，圍住了蚩尤。

蚩尤看了看他們，冷冷笑著說：「嬴淵不過來嗎？」

燕軒知道彼此實力懸殊，但還是嘴硬地回答：「我們來收拾你就夠了，怪物。」

「你們只不過是別人的手下，有什麼值得在我面前神氣的？」蚩尤的冷笑，笑得越久越讓人覺得挑釁，「我對你們不屑一顧！」

這時八劍侍女，已經擺下陣勢，準備攻擊蚩尤，為首的彩嬛將劍指著蚩尤，說：「怪物，你要笑也只有趁現在了！」

語畢，彩嬛就帶著侍女們各各持劍衝上前去，燕軒看到八劍侍女已經展開行動，向李遷等人揮了手說：「我們也不要落於人後，攻擊！」

蚩尤搖搖頭，用右腳跺地，讓整個地面為之震起，接著蚩尤左邊的第一隻手朝著彩嬛和絕影他們一揮，四周立刻漫起一片迷霧，白茫茫的讓人摸不清方向。

已經跑下樓來，躲在大門後看著這一切的嬴琦璇，眼見蚩尤已經順利困住八劍侍女和燕軒等人，便打開大門出來，對蚩尤喊著：「這樣就可以了！我在這。」

蚩尤聽到嬴琦璇的聲音，知道時機已經成熟，於是他朝大門緩緩降落，把嬴琦璇放在肩上，然後立刻往桃花源的方向飛去。

過了一會，迷霧漸漸散去，嬴淵才蹣跚走到花園，當他看見尚未消去的薄霧時，酒立刻醒了一大半，正色問道：「彩嬛、燕軒，剛剛到底發生了什麼事情？為什麼使用這霧的人的靈氣……跟劉羽信相似？」

「剛剛出現一隻怪物，屬下也知道我們完全不是對手，所以打算先困住牠，等待董事長您來收拾，誰知道讓牠逃了……」燕軒上前答道，接著把那怪物的特徵詳細說給贏淵聽。

贏淵低頭思索了一陣，說道：「那是蚩尤啊……」

「蚩尤？董事長您指的是……傳說跟黃帝大戰的凶神……？」

「沒錯，就是那個蚩尤。」贏淵倒抽了一口氣，「除了這片迷霧，還有什麼異樣嗎？」

「迷霧之外的異樣……」燕軒歪著頭想著。

彩嬛走到燕軒身邊回答：「我隱約聽見琦璇小姐的聲音。」

「這麼說來……」贏淵像是想通一切地命令著，「彩嬛！妳趕快去琦璇房間！看她還在不在！」

「是。」彩嬛聽完，馬上前去贏琦璇的房間。

沒多久，彩嬛回到花園，對贏淵報告：「董事長，當我到達房間時，房門並沒有關，而琦璇小姐也不在房內。」

「跟我想得一樣……琦璇八成認識蚩尤，而劉羽信就是蚩尤的化身！」贏淵著急起來，「李遷，你現在去請柳老過來這裡一趟，就說有我十萬火急的事情商量！」

「屬下知道了。」李遷接過命令，匆匆而去。

贏淵嘆了口氣，站在水池邊等待。在等待的這段時間裡，贏淵亦急得像熱鍋上的螞蟻，來回走動，根本沒辦法放心，只希望他的師父——柳向風，能早點到來。

也不知道等了多久，贏淵翹首盼望的柳向風，終於在李遷的伴隨下來到花園。

「嬴淵，半夜找師父來，有什麼事情？」剛踏進嬴宅花園的同時，柳向風就已察覺有異，但他還是得了解事情的來龍去脈。

「師父，」嬴淵立刻上前，「琦璇被蚩尤帶走了！」

「什麼？」柳向風睜大雙眼，額頭上的皺紋越加深刻，「琦璇被蚩尤帶走？」

「是的，根據燕軒的描述，我可以斷定那是上古凶神蚩尤。」

「既是如此，你為何不召喚你的靈獸出來抵抗一陣？」

「我……剛剛喝醉酒……所以……意識還不清醒……當我趕到現場時……蚩尤就已經離開了。」嬴淵知道柳向風一定會大發雷霆。

不出嬴淵所料，當柳向風聽到他喝酒後，馬上責罵：「嬴淵！師父不是再三告誡過你，飲酒，淺嚐即可，酒醉最是傷身。而你這次就因為酒醉，害自己的女兒被蚩尤帶走！」

「我知錯了。」

「琦璇一定去過什麼地方，不然不會發生這種事的。」

「她三天前獨自去過潛龍潭，今天晚上才回來。」

「你為什麼不阻止她？」

「那個時候我人到外地去處理集團的事情，我也是今天下午回來，才知道這件事的。」

「那燕軒和彩嬛呢？沒有跟著嗎？」柳向風又提出了疑問。

燕軒走到嬴淵身邊，對柳向風回答道：「是屬下送琦璇小姐去潛龍潭的，一切都是屬下的過錯。」

「算了，再苛責你也是於事無補，現在最重要的是找回琦璇。」柳向風搖了搖頭。

嬴淵拍了拍燕軒的左肩，對柳向風問道：「師父，那我們現在該怎麼做？」

「既然琦璇和蚩尤相熟，那目前應該不會怎樣的。」柳向風瞇眼看著星光閃爍的星空，「現在得等我的靈力和靈獸完全恢復。」

「師父你怎麼了？」嬴淵疑惑地問，他的確感覺得到，柳向風的靈力十分虛弱，「難道，他……」

「沒錯，就是你的師弟。項羿他三天前召喚靈獸襲擊了我，然後打開我用符咒鎮壓的鐵匣，帶著王怨前去潛龍潭。」

「王怨？落入他手裡，不是對他扭曲的性格如虎添翼嗎？」

「天意難違吧，王怨終究得物歸原主的……」

「可惡……！」嬴淵因為酒醉引起的頭痛跪在地上，彩嬛見狀連忙前去扶他站起來，「說什麼……都要阻止他……」

「嬴淵，不要勉強，如果我們現在貿然去找他，無疑是羊入虎口，過一段時間吧，等我們準備好了再作打算。」

「師父，您這幾天就留在這裡住下吧，您一個人回去，我實在很擔心他會再回來找您。」

柳向風閉眼考慮了一會，說道：「也好，這段時間我們可以再商量如何對付他，以及找出琦璇的下落。」

「嗯。」聽到嬴琦璇的名字，卻不見嬴琦璇的身影，嬴淵的心深深地抽痛了一下。

蚩尤肩負著嬴琦璇，飛到了桃花園入口落地，放下嬴琦璇後，蚩尤變回人形，說道：「總算是成功逃出來了。」

「嗯，我們趕快進去桃花源吧。」嬴琦璇說完，推著蚩尤先行，走進通道裡。

穿過通道後，兩人再度來到桃花源，不過卻平靜得出奇，一片死寂，森林裡偶爾傳來鳥類的淒厲叫聲，讓兩人感到十分不安。

「怎麼會這麼安靜啊？照理說，桃花源的村民應該會大肆慶祝才對呀。」嬴琦璇從安靜的氣氛中，嗅出了不尋常。

「我們趕快下山，一定出事了！」蚩尤不多說什麼，馬上拉著嬴琦璇快步下山。

嬴琦璇和蚩尤下了小山，走在路上，一陣風迎面吹來，夾帶著血腥味，使得嬴琦璇一臉難受，蚩尤卻是習以為常般不在乎。他們看見田地被踐踏得稀爛，水池帶著紅色的血水染了一池汙濁；樹木也被摧殘得不堪入目，先前看到的整齊房屋東倒西歪。斷壁頹垣，荒涼滿目，一片戰火蔓延過的景象，最慘不忍睹的是，處處都是死狀極為悽慘的桃花源村民——有的身首分離，有的被攔腰截斷，有的被砍斷手腳，有的胸口被穿了個洞，鮮血正汩汩湧出……。

他們看見了鄭雙的屍體倒在一棵樹下，枴杖就在鄭雙的身邊，但已經斷成兩半，鄭雙的兩眼睜得圓滾，嘴巴微開，蚩尤認為他生前一定受到相當大的驚嚇。

見到此情此景，嬴琦璇早已落下淚來，將臉埋在蚩尤的胸前抽咽著：「桃花源到底發生了什麼事情……為什麼桃花源會變得……跟人間煉獄沒兩樣……」

蚩尤輕撫著嬴琦璇的背，說道：「我感覺到附近被破壞過的一磚一瓦，以及桃花源村民們的身上，都殘存著一點靈氣。」

「你的意思是……除了蛟龍之外，還有其他的怪物，隱伏在桃花源……？」

「沒錯，現在最重要的，是趕快找出倖存者，也許可以得到一點線索。」

「嗯。」嬴琦璇將眼角的淚擦了擦，告訴自己得振作。

正當嬴琦璇和蚩尤商議已定，準備去找的時候，有一名男人渾身是血跡，踉蹌地朝他們跑了過來，兩人一看，居然是鄭咸。

「劉、劉大哥，我……我好怕！」鄭咸上氣不接下氣的說著。

「鄭咸你別怕，這裡有我在。」蚩尤看著鄭咸，「你應該就是桃花源唯一的倖存者了，能不能告訴我們到底發生了什麼事情？」

「就……就在剛剛你們離開之後，咱們要開酒宴慶祝的時候……一名服裝也很奇特的男人走來，問說誰殺了蛟龍，爺爺回答他後，哪知道他不由分說……拔出一把半白半紅的利劍殺爺爺……鮮……鮮血立時就……飛濺在我身上……」

「一個男人？一個男人怎麼可能把桃花源破壞成這個樣子？」嬴琦璇看著鄭咸聲淚俱下，自己的淚水又開始在眼眶裡打轉。

「他殺了爺爺之後……口中不知道念著什麼……拿出兩顆石頭朝天一拋……那是妖術啊……天空就突然降下一隻白色的老虎和一隻紅色的大鳥追殺著咱們……大家……都……被殺死了……」鄭咸想忍住悲傷，但是淚水還是不由自主的落著，「那名男人……簡直比秦皇還殘暴……」

「那你是怎麼活下來的？」蚩尤對這一點比較感到疑惑。

「我一看苗頭不對，拔腿就跑……抄著小路逃到了潛龍潭去……後來我看見好多人被逼著跳崖……，過了好久才敢回到這裡……就遇到你們了……我好沒用……」

「鄭咸，你並沒有任何錯，在那種情況下，不作無謂的犧牲才是最聰明的做法。」蚩尤安慰著他。

「羽信說得沒錯，你不要太過自責。」嬴琦璇跟著附和。

蚩尤看了看周遭，說：「鄭咸，你從今以後就跟著我們一起走吧，我會保護你的安全的！」

「謝……謝謝劉大哥……」鄭咸聽到蚩尤這句話，感動地跪在地上對蚩尤磕頭。

「好了，別這樣。」蚩尤扶起鄭咸，說出自己的想法，「現在要做的事，是挖一個大坑，將犧牲的村民們慎重地埋起來。」

「嗯。」

蚩尤要鄭咸去最遠處，把村民的屍體拖到這裡來集中，他要挖一個大坑，鄭咸聽了，就往遠處走去，離開蚩尤的視線範圍。

蚩尤等到鄭咸走遠後，現出了原形，從左邊的第二隻手變出一把巨槌，集中力氣，往腳邊狠狠一槌——劇震過後，出現一個又大又深的坑洞，蚩尤滿意地變回人形，往另一邊去搬運屍體。

在搬運屍體的過程中，蚩尤為這些村民感到同情，因為他腦海一直在回想涿鹿那場大戰——看著自己數以萬計的部下，在他眼前戰死，最後只剩下他獨力戰鬥，被俘被辱。嬴琦璇不敢搬運屍體，她只敢跟在蚩尤身後，閉眼祈福；鄭咸一邊搬運，一邊痛哭，但他無暇拭淚，任憑淚水溼透他的衣襟。三人費了不少時間，終於將桃花源三百多名村民的屍首給埋好。

埋上最後一層墳土的鄭咸，呼了口長氣問道：「劉大哥……那我們……現在要做什麼呢？」

「這裡除了潛龍潭，還有什麼是你們禁忌的地方嗎？」蚩尤認為，桃花源這麼廣闊，應該還有許多禁忌之處。

「有，聽爺爺說潛龍潭的東方，有一口井，叫做通地井。那井深不見底，扔石頭進去也聽不見落底的聲響，有人曾經夜裡去了之後，就再也沒有回來過，於是祖先們就把那裡也列為禁忌之地，嚴禁任何人到那附近去活動。」

「一口井？這倒是很可疑，那麼鄭咸，麻煩你再次帶路吧。」嬴琦璇一邊揉著自己的小腿，一邊靠在蚩尤身旁，「劉羽信，背我，我走不動。」

蚩尤將嬴琦璇背好，對鄭咸點著頭，說道：「我們走吧。」

三人走著山路，經過已經乾涸的潛龍潭，又走了一小段蜿蜒山路，來到禁忌之地其二的通地井。

嬴琦璇坐在一旁的石塊上休息，蚩尤獨自走到了井口邊觀察，鄭咸則是站在蚩尤後方緊張地看著他的一舉一動。

「感覺上沒什麼異樣，裡面好像沒什麼東西。」

蚩尤轉過身走回來，一副失望的樣子，卻沒發現有一條蛇怪從井邊的草叢裡爬了出來，虎視眈眈的看著蚩尤的背影。

「劉大哥！小心！」鄭咸大聲喊著，「你的後面有巨蛇啊！」

「怎麼會？」蚩尤回頭一看，看見一條蛇怪張開大口，露出毒牙，迅速地朝自己襲擊過來。

「可惡！我不會讓你得逞的！」鄭咸衝上前去，奮力推開了蚩尤，蛇怪卻狠狠地從腰際咬住了自己。

蛇怪用力一甩，將不斷流血的鄭咸給拋到嬴琦璇面前。

「不！」嬴琦璇嚇傻了。

「鄭咸——」蚩尤從地上爬起身，跑到鄭咸身邊半跪著。

鄭咸忍住疼痛，勉強地說道：「我不會……再逃跑了……劉……劉大哥……請你要幫咱們報仇……」

語盡，鄭咸便緩緩閉上眼，用盡他此生最後一口氣，死在蚩尤眼前。

這時蛇怪全身從草叢中爬了出來，吐著蛇信：「放心吧，我會送你們兩個一起去跟他作伴的。」

「混帳東西……」蚩尤變回原形，從右邊第三隻手裡變出一把巨劍，憤氣填膺，「我要用你的血來祭桃花源所有的村民！」

「什、什麼……」蛇怪還來不及回應，蛇頭就被蚩尤猛力地斬下來滾到一邊，蛇身一動也不動地癱瘓在地。

嬴琦璇掛著兩行淚水，說道：「把鄭咸埋起來吧……」

「嗯……我知道。」變回人形的蚩尤，感傷地回答。

通地井邊唯一的桃花樹，隨著風吹過，鮮紅的桃花瓣紛紛揚揚地飄灑下來，像是在為鄭咸哀傷地悼念，也像是在為整個已經死去的桃花源悼念著……。

嬴琦璇和蚩尤將鄭咸屍首埋在桃花樹下後，走到了通地井旁。

「這井應該沒有水吧？我們現在要怎麼辦？」嬴琦璇對著井底喊著，也順手撿起一塊手心大的石頭扔了進去，側耳沒有聽到落到底面的聲音。

「有一個最簡單的辦法。」蚩尤打了個呵欠，走到嬴琦璇身邊，神祕地笑了笑。

「有辦法就快點說，不要神祕兮兮的。」

「那就是跳下去，哈哈哈。」

蚩尤說完，摟著嬴琦璇的腰，朝井裡跳了進去。

「你在做什麼啊？幹嘛跳進來？」

「就是為了要知道這裡面到底會有什麼，才跳進來的。」

「可是，這井又黑又深，萬一有底，我可是會摔死的耶！」

「我會陪妳一起死。」蚩尤緊緊摟好嬴琦璇。

「陪……陪我一起死……」嬴琦璇聽到這句話，心裡有種莫名的感動，但她嘴巴上還是不饒人，「我是人，你是怪物，所以我會摔死，而你是摔不死的，還說什麼要陪我一塊死？哼！我看你是趁機謀殺我吧？」

「咦，我倒是沒想到這一點耶。」蚩尤說完，故意把手鬆開了些。

「喂！你不要亂來啊！」

「哈哈！」

下墜沒多久，井裡漸漸明亮了起來，接著蚩尤和嬴琦璇墜在十分柔軟的草地上，嬴琦璇向四周看了看，這裡天空蔚藍，白雲悠悠，徐風習習，一片花木繁盛，綠草如茵，簡直是一處比桃花源還要更加仙境的地方，她扶著蚩尤站起身問道：「這又是哪裡？」

「我也不知道是什麼地方啊。」蚩尤閉眼，感覺了一下，「不過，這裡的靈氣比在桃花源時還要來得更強烈。」

「你看！那是什麼？」

「嗯？」蚩尤張開眼睛，往嬴琦璇手指的方向一看，只看見天空上有一個黑點，快速地朝他們過來，隨著那個黑點越來越近，嬴琦璇和蚩尤也越能看清楚黑點的真面目——原來是一名有深咖啡色的長髮，一對青綠色的羽翼，而其他部分都是人身的鳥人。

「蚩尤大哥！」鳥人馬上推開嬴琦璇，抱著蚩尤。

「妳是……」蚩尤一臉困惑，「我是用人形，妳怎麼知道我是蚩尤？」

「從你身上的靈氣就可以知道了啊。」鳥人從右邊青綠色羽翼下的人手裡，變出一把厹矛，將厹矛負在身後，飛向空中，做出戰鬥的態勢，接著迴旋俯衝而下，讓人摸不清蹤影，不知道會落在何處，讓蚩尤和嬴琦璇都不禁看呆，「怎麼樣？想起我是誰了吧？」

「這是……櫻落九天，難道妳是女娃？」蚩尤笑著，「好久不見，妳變得這麼漂亮，我都認不出來了。」

「總算是想起我了呀。」女娃收起厹矛，看著嬴琦璇，「蚩尤大哥，這女人是誰啊？」

「我叫嬴琦璇，是妳蚩尤大哥的主、人。」

蚩尤點頭說道：「對，女娃，琦璇是我的主人。」

「原來是琦璇姐姐呀，妳好。我是女娃，是炎帝的小女兒。」女娃吃了一鐔大悶醋——琦璇？還在自己面前說得這麼親密！

「女娃？炎帝的小女兒？」嬴琦璇打量著女娃，「那妳也就是精衛鳥囉？」

女娃看著嬴琦璇，回答道：「是的，填平東海是我永遠的願望。」

嬴琦璇和女娃互瞪著對方。

蚩尤趕緊轉移話題：「先別說這個了，女娃，妳能不能告訴我，這裡是什麼地方啊？」

「問別的我不敢肯定，但是問我這裡是哪裡就問對人了。」女娃自信十足，「這裡呢，是太虛幻境。」

「『太虛幻境』──？」嬴琦璇和蚩尤異口同聲。

「對啦，這裡是太虛幻境。」女娃又吃了一罈醋，「一直都是神、妖、人，三者共存的地方。」

嬴琦璇聽完解釋之後，問道：「神和妖會存在我是可以理解，不過妳說的人，是什麼意思？」

「所謂的人，」女娃回應嬴琦璇一個冷笑，「當然不會是指妳這種平凡無奇的人，而是指那些在青史上留過名的人物，他們轉生到這裡的靈魂。」

嬴琦璇不甘示弱地回道：「女娃，妳說錯話了，我要是平凡無奇，妳的蚩尤大哥又怎麼會乖乖聽我的話呢？」

「妳……！」女娃衝到嬴琦璇面前，瞪著她。

「我又怎麼了？我只是實──話──實──說。」嬴琦璇也瞪著她。

兩個女人之間的距離，又更加逼近。

「好了啦，妳們別吵了。」蚩尤走到她們之間，「女娃，妳能不能告訴我，有什麼特別的地方可以去？」

「我是可以告訴你們啊，不過蚩尤大哥你要答應我一個條件。」女娃聳肩。

「又是條件？」蚩尤已經快要恨死這兩個字，「妳快說吧，妳就算說一千個條件我都答應。」

「我要跟你們一起走。」女娃，對著嬴琦璇笑了笑。

「這沒問題，快告訴我們吧。」蚩尤一聽這條件比嬴琦璇開的三個條件，還要容易百倍，豪爽地答應。

嬴琦璇看在眼裡，面對蚩尤這麼容易就答應了女娃的條件，更是氣得暗中踩了他一腳，但臉上還是掛著冷笑。

「在這裡要前往另外一個地方最快的途徑就是——」女娃指著右方一個小水池，「踏進那個虛空之池。」

「『虛空之池』？」嬴琦璇和蚩尤又是一次異口同聲。

女娃按住醋意答道：「只要你想到別的地方，跳進這池塘裡就可以了。不過我先提醒，這虛空之池會把你帶到什麼地方去，誰也不知道，因為虛空之池，有些是固定通往某個地方，有些則是難以捉摸。」

「原來如此，」蚩尤走到虛空之池旁，看著水面反映的自己，「那我們就動身吧。」

「蚩尤大哥，我要變成守護石，你要好好把我帶在身上，」女娃靠在蚩尤身邊，對他笑著，「手伸出來吧。」

「嗯，我知道了。」蚩尤伸出左手，攤開掌心。

嬴琦璇好奇地看著女娃想變什麼把戲，只見女娃閉起眼，口中呢喃著，身體消失之後，一道強烈的紫光衝向蚩尤伸出的右手上——多了一塊鳥形的紫色石頭。

「蚩尤，女娃她……？」

「這是『凝石』。妳也看見了，施術者會將自身化成小石頭，然後就可以給別人帶著，施術者在自己想要恢復時才會現出本身。」

「幹嘛這麼大費周章？」嬴琦璇猜不透女娃的心思。

蚩尤將女娃石收進褲子口袋裡，回答道：「還不就是她自己懶得飛，也懶得用雙腳跟我們走。」

「走一點路也不願意？」

「這也不能怪她啊，她可是炎帝最疼愛的小女兒呢，」蚩尤笑著，「不過話說回來，妳不也是嬴淵最疼愛的獨生女嗎？」

嬴琦璇知道蚩尤話中有話，於是她用力捏了他一下手臂反駁道：「不要把我跟她相提並論——」

「琦璇，妳這樣捏，我會痛耶。」

「不痛幹嘛捏你？」嬴琦璇裝出無辜的表情，「走吧。」

「好啦……走吧。」蚩尤搖搖頭，牽著她的手，走入了虛空之池裡。

【第參章・瀕危】

嬴琦璇以為，虛空之池會又冰又冷，她得憋氣才可以通過，卻沒想到，通過虛空之池時，只感覺到一股涼爽的清水流過全身，之後她和蚩尤就站在一處風光明媚的湖畔邊，附近傳來一陣琴音悠揚。

「這又是哪裡？」嬴琦璇摸摸衣服，卻發現沒有濕掉，讓她覺得十分神奇，不過她後來又想了想，這裡是太虛幻境，什麼事情都有可能發生的。

「不知道。」蚩尤說話的同時，發現琴音是從湖畔邊一座橘紅色的涼亭中傳來，「過去看看吧。」

「嗯，希望不會是什麼妖怪才好。」

兩人慢慢走近涼亭，只見一名穿著樸素，容顏飄逸的壯年，閉目彈著桌上的古琴。蚩尤示意嬴琦璇留在原地等待，他正要走過去時，壯年眼也不睜地說道：「琴音有悠揚，有殺伐，來人想聽何者？」

「你是誰？」蚩尤走上前問道。

「在下嵇康。」壯年張開雙眼，「不知兩位姓名？」

「我叫嬴琦璇，他叫劉羽信。」嬴琦璇介紹過自己和蚩尤後，那對歷史的狂熱瞬間就燃了起來，「你正在彈的是──」

「沒錯，」嵇康手指不曾停下的撥弄琴弦，帶著逼人的傲氣，「就是廣陵散。」

「嵇大哥果然是明白聶政的心情。」

「哈哈哈！說到廣陵散，我敢說絕沒有人能彈得比我精湛！」嵇康大笑，隨即話鋒一轉，「倒是兩位，不是要聽我彈琴吧？」

蚩尤立刻答道：「嵇大哥能否指點這附近特別的地方？」

「別急，我一曲廣陵散都還沒彈完。」

於是嬴琦璇和蚩尤便並坐在嵇康右手邊，傾聽他彈奏。曲過一段又一段，其中的音樂，讓嬴琦璇想起書上所描述聶政的英雄氣概，蚩尤則是被勾起為炎帝復仇的強烈意志。

曲罷，嬴琦璇和蚩尤連聲稱好，嵇康卻感到淡然無味，像是這眾人對他琴藝的稱讚，他已經見過夠多，已經是他該得，已經令他作嘔，也麻木成了害死自己的鋒芒。

嵇康舉起左手，指著左方說道：「這個方向過去，有一處虛空之池，那裡可以通到九黎之地，至於那是怎樣的地方，我就不知道了，所以你們要去最好先有心理準備。」

「九黎之地？」蚩尤眼睛為之一亮，馬上跑出涼亭。

「等等我！」嬴琦璇也跑出涼亭。

嬴琦璇追趕了一陣，看到蚩尤在一處比原先還要小的虛空之池旁等她，她慢慢走了過去，喘著說道：「你幹嘛跑那麼匆忙啦！想累死我喔？」

「妳沒聽到嵇康說這裡可以通往九黎之地啊？」

「九黎之地又怎樣？我連聽都沒聽過。」

「那可是我統治的地方，快走吧。」蚩尤說罷，拉著嬴琦璇踏入虛空之池。

嬴琦璇還沒反應過來蚩尤的話時，就已經踏在另一片土地上，這裡放眼望去，不但樹木沒幾棵，就連草也沒幾根，有的是一堆大小不一的土丘。

「這種荒涼的地方是你的領土？」

「沒錯，這裡根本沒有變。」

「可是……怎沒有見到半個人影？」嬴琦璇不管怎麼看，都只能看見天空有幾隻蒼鷹在盤旋。

蚩尤望了望四周，笑著：「或許我那些兄弟們，正躲在遠處打算狩獵我們也說不定。」

「你不要嚇我啦！」嬴琦璇躲在蚩尤背後，「你再亂說，我就把你給封印起來。」

嬴琦璇話才剛說完，不知道從哪裡冒出了大約二十幾隻跟蚩尤原形一樣的牛頭人身的怪物，朝嬴琦璇和蚩尤所在的地方包圍了過來。

其中一個看起來比其他怪物強壯許多的為首怪物，說道：「自從被黃帝驅逐到這裡來之後，好久沒吃到人肉了！」

蚩尤笑得比那怪物還大聲，說道：「我說梟尤啊，你真是越來越有架勢了。」

「你怎麼會知道我是誰，你該不會是黃帝派來消滅我們的吧？」梟尤除了持著大刀的手之外，其餘五隻手的指節都格格作響。

「我是你大哥。」

「你真的是……蚩尤大哥嗎……」梟尤手中的刀落到了地上，一步步朝著蚩尤走了過去，「為什麼是人的模樣？」

「你們真的很笨！」蚩尤變回了原形，搖了搖頭。

「真的是蚩尤大哥！」以梟尤為首，在場的蚩尤一族都高興得亂跳亂叫。

「吵死了！」蚩尤又變回人樣，「你們不要嚇到我的主人！」

「是……」蚩尤一族紛紛低著頭，私底下卻在竊竊私語——蚩尤大哥居然有了主人？

「梟尤，」蚩尤看著梟尤，「這幾千年，到底發生了什麼事情？」

「是這樣的，自從涿鹿之戰後，蚩尤大哥你被黃帝帶走，黃帝的部下應龍就接了命令，說只要我們不抵抗，就不會對我們趕盡殺絕，於是整個部落被轉移到太虛幻境裡。誰知道豺尤憑藉一顆石頭，把我和擁護我的族人都趕到了邊境。」梟尤喜出望外，「不過現在蚩尤大哥回來，真是太好了。」

「石頭？會不會是十四靈石？」嬴琦璇小聲地在蚩尤耳旁問著。

蚩尤點頭對著梟尤問道：「梟尤，豺尤在哪裡？帶我去見他。」

梟尤領著嬴琦璇和蚩尤，一邊帶路一邊回答：「他聚集不少人馬，在蚩尤大哥你討伐黃帝前的地方駐紮著。」

「他在我稱王的重淵坡？哼。」

他們三人來到了重淵坡不遠處，這裡已經發展成一座大城，城外有不少栽滿農作物的田地以及畜養的動物。重淵坡是一處盆地，盆地內四周的峭壁上都有不同大小的洞，從中源源不絕地流出泉水，在盆地中央匯集成一個大水池，在大水池右邊，有一座宮殿，據梟尤說，豺尤就住在裡面。

這時，宮殿前的兩名牛頭人身的衛兵走了過來，其中一名衛兵問道：「梟尤，你來做什麼？」

梟尤不動聲色地回答：「我帶人來找豺尤，你通報一下。」

另外一名衛兵看了他們三人，進去通報之後，過一段時間，豺尤才在衛兵護衛下走了出來。

嬴琦璇看著長的跟蚩尤和梟尤十分相像的豺尤，低聲問著蚩尤：「他就是豺尤嗎？」

蚩尤瞪著豺尤，淡淡地回答：「沒錯。」

豺尤發現蚩尤正瞪著他，但他並不知道那就是蚩尤，不耐煩地問著：「梟尤，你找我有什麼事情？該不會是要我見這一個普通的人類吧？」

「沒錯，我要你見的就是這名人類，但他不是普通的人類！他是蚩尤大哥！」梟尤冷笑著，不把豺尤的態度放在眼裡。

「蚩尤那傢伙早就被黃帝封印在封魂錄裡了！」豺尤瞪了一眼梟尤，「現在九黎之地就是我當王！你給我滾回去！」

看到豺尤如此目中無人，蚩尤終於忍不住變回原形，拿著劍衝上前，問道：「豺尤！你該想起我是誰了吧？」

「蚩……蚩尤……你是怎麼逃出來的……」豺尤一臉懼怕。

「所有的事情經過我都已經聽梟尤說了，我來是為了殺你！」

「蚩尤大哥──饒了我吧！」豺尤匍伏在地。

「不知道是誰在這裡自立為王的？」

「蚩尤大哥，過去的事情都當作過眼雲煙吧！」豺尤趕緊拿出一塊雪白色的石頭，跪著獻給蚩尤，「為了證明我並沒有異心，我將這顆特別的石頭獻給大哥。」

蚩尤將石頭拿了過去，轉交給了嬴琦璇，說道：「琦璇，妳看一下這顆石頭，跟之前找到的那顆是不是類似？」

嬴琦璇從包包中拿出琥珀色石頭，跟豺尤獻上的雪白的石頭看了看，回答蚩尤說：「形狀類似，你覺得靈氣也一樣嗎？」

蚩尤看著嬴琦璇手上的兩顆靈石，說：「我感應到的靈氣也一樣，那麼這就是第二顆十四靈石了。」

「梟尤你還站在這裡幹什麼？」豺尤吩咐著，「快點去召集你那邊的族人回來，今晚要慶祝我們的首領平安歸來。」

「還用你說！」梟尤轉身朝邊境方向跑去。

「蚩尤大哥，來。」豺尤領著蚩尤和嬴琦璇，進入了宮殿裡。

豺尤接著說要去準備酒食，隨即帶著幾個部屬，匆匆不見人影。

過了一會，梟尤帶領族人到了宮殿裡之後，豺尤也跟著現身，帶著美酒和肉食回來。

嬴琦璇察覺到豺尤不懷好意，於是她略感不安地拊在蚩尤耳旁問道：「欸，豺尤態度轉變這麼大，你不認為他有別的意圖嗎？」

蚩尤看著嬴琦璇說道：「不用怕。」

嬴琦璇聽了蚩尤這樣說，也只好，靜靜地靠在他身旁。

酒宴上，眾人吃喝極為隨便，尤其蚩尤，喝得醉醺醺的。

熱鬧的氣氛轉眼就到了曲終人散的時刻，豺尤不知去向，蚩尤和梟尤喝得不省人事，趴在桌上睡著，嬴琦璇也覺得眼皮不聽使喚，於是就趴在蚩尤旁邊跟著夢周公。

不知道睡了多久，嬴琦璇隱約聽見外面傳來吵雜的聲音，耳邊更是一陣急促的呼喚聲正在叫蚩尤，她睜眼一看，是傷痕累累的梟尤。

「大哥的主人，妳醒過來正好，請妳趕快叫醒蚩尤大哥吧，豺尤的人馬快要攻進來了！」

「豺尤的人馬？」嬴琦璇站起身，看見宮殿外一片火光沖天，廝殺聲震天價響，「發生什麼事情了？」

「犲尤那可惡的傢伙，帶著人馬前來捉拿蚩尤大哥，」梟尤抹去臉上的血漬，「目前我的人馬正在抵抗，不讓他們入城。」

「什麼？」嬴琦璇額頭流著冷汗，雙手奮力搖著蚩尤，「蚩尤！快醒醒啊！快點起來啦！」

蚩尤揉著睡眼，打了個呵欠，帶著醉意問著嬴琦璇：「幹……嘛？我……我已經喝不下……了……」

「你還喝——！犲尤帶著人馬要來捉你了啊！」

「就憑他們……捉我？」蚩尤手撐著桌面，想要站起來，卻渾身無力地跌坐在原地，「可惡……為什麼……我的力量一點也使不出來……？」

「我的靈力也被壓抑住，現在面對他們，我們絲毫沒有勝算。」梟尤扶起了蚩尤，「犲尤倒給我們喝的是滅靈酒，蚩尤大哥，你們快逃走吧！」

「不行！我不能走！我要解決掉那傢伙——」

「事情都到了這種地步，你再固執下去只會白費力氣。」嬴琦璇展開封魂錄，對著蚩尤，「封印蚩尤！」

語畢，蚩尤被澈底吸進封魂錄裡，接著嬴琦璇將封魂錄收回背包。

「大哥主人……妳……」梟尤感到訝異。

嬴琦璇解釋：「梟尤，你不會怪我對你大哥這樣吧？我要是不這麼做，你大哥是不會走的。」

「我明白……請跟我來。」

嬴琦璇隨著梟尤匆忙地走出宮殿，來到大水池旁。

「這裡是虛空之池，你們就從這裡逃到別的地方去吧。」梟尤看著嬴琦璇，「蚩尤大哥就拜託妳了。」

嬴琦璇前腳剛踏進池中，回頭問著梟尤：「那你們呢？為什麼不一起從這逃走？」

「我們不想拖累蚩尤大哥，」梟尤輕推嬴琦璇，「時間不多，不要再拖延下去了！」

嬴琦璇雖然往後倒進池中，還是大喊著：「梟尤，你一定要來找我們啊！」

一股清流瞬間流遍全身，嬴琦璇也聽見了梟尤的聲音：「如果我這條命還在的話……！」

通過虛空之池的流動後，嬴琦璇來到一座小山上，她向四周觀望，看見山下西北方有一座城市，她決定先去那裡再作打算。

嬴琦璇走到半山腰，想起好像少了什麼，再感覺到一直不停搖動的背包，才責備自己的神經實在有夠大條，趕緊解開封魂錄，將蚩尤給釋放出來。

淡薄的青煙飄散之後，嬴琦璇看見蚩尤盤坐在地，臉上盡是不諒解的意味。

「為什麼……把我封印起來？為什麼……不讓我跟族人並肩作戰？」蚩尤看著藍天，「妳回答我！到底是為什麼！」

「為了不讓你再次成為黃帝的階下囚，為了實現族人對你的期望，為了報復炎帝被害的仇恨，」嬴琦璇平靜地回答，「所以你應該離開已經是戰場的重淵坡。」

蚩尤錯愕，他找不到任何一句話再追問下去，只能低頭看著自己的雙手掌心，不發一語。

嬴琦璇走到蚩尤身邊，靠著他坐在地上，問著：「你還好吧？你能了解我的用意嗎？」

「妳說的我都明白。」蚩尤抬起頭看著嬴琦璇。

「你能明白就好，我相信你剛剛並不是有意的。」

「我的確太衝動了，謝謝妳的諒解。」

「別這麼說，看到你這樣悶悶不樂，」嬴琦璇微笑著，「身為你的主人，心裡也不好過呢。」

「嗯，我懂。」蚩尤牽著嬴琦璇站了起來，「現在我們去那座城市探聽情報吧。」

「走吧。」

嬴琦璇和蚩尤繼續往山下走著，到了城外。發現這裡的人全身都長著長毛，看起來就像猴子穿著衣服一樣滑稽，接著兩人看到一群人對某個東西圍成一圈，議論紛紛，於是蚩尤拉著嬴琦璇，硬是從人群中間擠了進去，卻驚見梟尤靠著城牆雙目緊閉喘氣著，而旁邊是一個水池。

蚩尤二話不說，立刻跟嬴琦璇衝上前把梟尤扶起，離開人群走到附近不遠處的一棵大樹下。

「梟尤、梟尤！」蚩尤喚道。

嬴琦璇小聲地問：「梟尤他沒事吧？」

「不可能沒事……我感覺得到，梟尤的靈氣越來越弱了，可惡……！」

「這個聲音……」梟尤此時緩緩甦醒了過來，看見蚩尤就在眼前，「蚩尤大哥……你沒事真是太好了。」

蚩尤連忙問道：「梟尤，怎麼只有你逃出來？其他人呢？」

「實在慚愧……我們……全軍覆沒……」

「全軍覆沒？光憑豺尤的軍隊不可能在這麼短的時間內，將你們打敗得這麼澈底！」

「蚩尤，別忘了梟尤和族人們都跟你一樣，都喝下了滅靈酒。」嬴琦璇撫著蚩尤的背。

「都怪我太大意了……」蚩尤十分自責，族人們白白送掉了性命。

「蚩尤大哥，只要你沒事……大家的死就不會白費……」梟尤話還沒說完，就咳出了一灘血，顫抖著，「請你保重……」

「梟尤！」蚩尤落下了淚，他喚不回他的兄弟。涿鹿戰敗後，他嘗到了什麼是生離，這次他敗逃，嘗到的是與親人的死別。

嬴琦璇靜靜地看著蚩尤趴在梟尤胸前，懊悔哭著，過了一會，她發現梟尤的形體正在一點一滴地隨風消逝。

「蚩尤，你快看梟尤的身軀。」

「嗯……？」蚩尤抹去淚水定睛一看，「這……怎麼會……？」

「我們就算在這裡想破頭，也想不出個所以然來的，還是問問女娃吧，畢竟她待在這個世界的時間，可是比我們久。」

「也對，」蚩尤從口袋中拿出女娃石，「女娃，妳有看到嗎？梟尤現在的情況是怎麼回事？」

只聽見女娃簡單地回答：「他死了。」

「廢話呀？沒瞎的都知道他死了！」蚩尤差點就把女娃石往地上砸，幸好嬴琦璇及時阻止，「我想了解的是，為什麼梟尤會像碎屑慢慢的消失？」

「這是很正常的事情，在太虛幻境裡死去的神、妖、人，沒多久就會像梟尤大哥一樣塵歸塵，土歸土，再也不屬於任何一個世界。」

蚩尤正要把女娃石收回口袋內，女娃卻嚷嚷了起來：「等等啦！我差點忘了，還有一件事情要提醒你們。」

不等蚩尤開口，嬴琦璇搶先一步好奇地問：「什麼事情？」

「我們現在來到的地方是毛民國，凡事多小心點。」

「原來如此，難怪這裡的人手腳的毛特別多又長，看上去就像穿衣服的猴子。」

這時兩人身後卻傳來一陣低沉的聲音說道：「猴子？兩位看來是要落入我這隻猴子之手了。」

嬴琦璇和蚩尤轉身一看，發現他們被為數不少的毛民士兵包圍了起來。

「毰毸只想問兩位是不是羽民國派來的刺客？」帶隊的毛民隊長，質問著。

「我們不知道你問的什麼刺客，」嬴琦璇看著鎧毹，「也不知道什麼羽民國。」
鎧毹向左右說道：「把他們帶回去，送去給大王審問！」
鎧毹一聲令下，四周的毛民士兵就前來抓住兩人。
「什麼？」嬴琦璇瞪大雙眼。
「放開我！」蚩尤的力量仍然使不出來，掙扎了一會就被制服住，只好心不甘情不願地跟著鎧毹走。
兩人被鎧毹帶到了王宮殿前，然後在八名毛民士兵的護衛下，來了一名頭髮長到地上還拖著走的中年男人，坐在王座上。
「殿下何人？」中年男人淡淡地問。
「稟告毿毿大王，這兩人是在城外抓到的，疑似是羽民國派來的刺客。」鎧毹一旁答道。
嬴琦璇聽了，忍不住冷笑道：「疑似？我看你根本是一口咬定！」
蚩尤跟著怒聲罵道：「還不快放開我們！我們才不是什麼刺客！」
毿毿起了身，走下階梯，來到離嬴琦璇面前停了下來，直視著她，問著：「你們真的跟羽民國沒有任何關聯嗎？」
「我們是從別的地方來的，完全不認識你說的羽民國。」嬴琦璇堅決地回答。
「幫他們鬆綁。」毿毿說完，朝著嬴琦璇和蚩尤鞠了躬，「我的屬下不由分說就抓了兩位，實在過意不去。」

「既然誤會已經解開，那就算了。」嬴琦璇摸了摸手腕被繩索綁過的印痕，「你們跟羽民國之間是發生了什麼恩怨？」

「本國有人誤殺了羽民國的人，因此羽民國國王翡翎，打算聯合其他國家的軍隊攻打本國，所以本城才會如此高度警戒。」

「這還不簡單？」蚩尤揚眉，「既然殺人，就得償命，把那名殺害羽民的兇手交給翡翎自行處理不就得了？」

「這……唉……不行。」毿毿搖頭。

「怎麼了？」蚩尤不解。

「因為誤殺羽民的人，就是我。」

「難怪你會如此煩惱，那這場戰爭是無可避免的了。」

「其實還有一個辦法，只是隨著翡翎揚言發兵的日子越來越近，這辦法能成功的可能性也越來越低。」

嬴琦璇說道：「既然有辦法，卻連試都不試，我看你也不配當毛民國的國王。」

「好……我把這個辦法告訴你們。位於本城東北方的湘靈南山上，有一名巫醫叫巫彭，他會煉製不死藥，只要得到不死藥，就可以救活那已死的羽民。」毿毿嘆了口氣，「不是我不願意試，在這之前我派了使者前去求藥五次，不管如何威脅利誘，都被巫彭趕了回來，你們願意幫我去求藥嗎？」

「倘若可以幫忙讓戰爭不必開戰，我們當然願意盡一份力。」

這時蚩尤把嬴琦璇拉到一旁，小聲地問道：「琦璇，我們來到太虛幻境的目的並不是這個，沒必要多惹麻煩。」

「你學聰明一點好不好？我之所以答應求藥是有兩個原因，」嬴琦璇看著毵毿，小聲回答，「一來我們可以離開這個毛茸茸的地方，免於毵毿的掌控；二來巫彭既為巫醫，自然少不了遊歷四方，我們可以順便探聽十四靈石的情報。」

「我懂了，妳真不愧是我的主人。」

「你現在才知道我的聰明也不算晚。」

這時毵毿走了過來，問道：「兩位，何時能動身？」

蚩尤答道：「我們現在就去。」

於是毵毿吩咐兩名毛民士兵帶領嬴琦璇和蚩尤離開王宮，在他們離開之後，毵毿對侍衛在一旁的毰毸下了命令道：「你帶人去嚴密監視他們兩人的行蹤，順便監視巫彭，把守在湘靈南山入口，有什麼狀況就立刻回來通報。還有，如果他們逃走——我想，你應該知道怎麼處置吧？」

毰毸聽罷，點頭答道：「是，明白。」

出了城外，嬴琦璇和蚩尤向一名在田邊耕作的毛民探問湘靈南山的方向之後，就匆匆地前往尋找巫彭，而䍃𣯧也帶著隊伍悄悄地跟蹤他們。

朝東北方走了大約一個時辰，來到湘靈南山的山腳，此時已近黃昏，兩人沿著一條溪流朝山上走去，在夕陽的映照下，溪面蒙上一層淡薄的紅色光暈，嬴琦璇不知不覺看呆了，直到蚩尤在一旁催促，才繼續往山上走。

走到半山腰時，嬴琦璇發現前方有一間木屋和一間馬廄，便問道：「欸，那裡會不會就是巫彭住的地方啊？」

「應該是吧。」

「那就過去看看吧。」

「嗯。」

蚩尤慢慢地走近木屋，嬴琦璇緊隨在後，兩人像小偷一樣躡手躡腳，就當他們快走到窗邊的時候，一陣咳嗽聲從他們身後傳來，嚇得他們往後察看，只見一名披著淡褐色披風的年輕男人，正對他們微笑，迎著兩人的眼光。

「你們來到此地，是為了找我吧？」年輕男人問道。

「嗯……你就是巫彭嗎？」蚩尤反問。

「在下正是巫彭。兩位想必是受了䍃𣯧的請求而來的。」

嬴琦璇走上前，說道：「既然你已經知道我們來意，還請給予不死藥，免除一場不必要的戰爭。」

「哈哈哈！」巫彭大笑起來，「你們一定不是這地方的人吧？眾人皆知㲋㲋嗜殺成性，連國內也頗多怨聲，但附近各國都懾於毛民國的國力敢怒不敢言，我又何必把不死藥交給他呢？」

「你的意思是說，」嬴琦璇馬上想透一切，「㲋㲋明白你是絕對不會把藥給他，所以他打算利用我們，幫他拿到不死藥救活羽民，讓翡翎出兵的理由不成立，一來他可以繼續我行我素，二來也免於國內可能的動亂。」

「沒錯。」巫彭對嬴琦璇點了點頭，「而今曾被㲋㲋佔過便宜的國家，願意在翡翎的號召下團結起來，組成聯軍討伐惡名昭彰的毛民國。正義之師，所向披靡，㲋㲋自食惡果的日子可以說是指日可待。」

蚩尤聽完，看著巫彭問道：「這是毛民國和羽民國之間的糾紛，你怎麼會這麼清楚？」

「因為我是翡翎的手下，也是這場戰役的最高參謀。」

「原來如此。」

「另外我有一事相求，就是在這場戰爭落幕前，請兩位住在這裡，不要下山。」

「你是害怕我們走漏風聲，讓你的真實身分被㲋㲋知道？」蚩尤反問。

「請原諒，身為翡翎最信任的人，我必須為他設想，不得不對你們有所懷疑。」

嬴琦璇拍了一下蚩尤的左肩，說道：「我們就留在這裡吧，不要為難巫彭，他有他的苦衷。」

「既然妳都這樣說了，我也無話可說。」蚩尤答道。

「謝謝你們能諒解。兩位可以先進去木屋內休息等候，我現在有事，必須下山。」

「嗯。」

巫彭向嬴琦璇和蚩尤告辭後，沿著溪流行走，當他走到湘靈南山的入口時，軬鬏帶著人馬的攔阻了去路。

「這不是軬鬏嗎？就算你再來多少次，我還是不會給你藥的。」巫彭冷靜以對，注視著軬鬏的一舉一動。

軬鬏冷笑答道：「我這次不是來求藥的，而是來監視你的。」

「監視？你們毛民國已經準備好亡國了？軬鬏是怕你沒事做，所以才派你來監視我嗎？」

「巫彭，我勸你嘴巴放乾淨一點！」軬鬏拔出長劍，直指巫彭，「大王已經請到項羽在毛民國集結訓練毛民軍，毫無大戰經驗的翡翎只是自尋死路罷了！」

「你的意思是說，軬鬏已經認為不死藥有沒有得手也無所謂了？」

「要是你肯煉製交出來，我想大王也不會勞師動眾吧？」

「真是好笑，軬鬏的野心，路人都看得出來，就算救活羽民，他還是會發動戰爭吞併其他國家吧？羽民活不活的問題，已不是這場戰爭的起端，粉碎軬鬏貪婪的野心，才是翡翎組成聯軍的真正原因。」

「你這傢伙！」

「怎麼？無話可說了？是因為我說中軬鬏真正目的嗎？毛民國的人心思就是這麼淺陋，不必用頭腦思考也可以輕易看透，哈哈哈哈！」

「我看你是活得不耐煩了！」

毰⿰鬲毛語畢，舉劍向巫彭斬去，而巫彭附近一堆高度過於常人的草叢中，射出一把強而有力的小刀，機警的毰⿰鬲毛馬上改變手勢揮劍擋開，將小刀擊落在地。

「巫彭，沒想到你也會玩這種小人手段！」毰⿰鬲毛趕緊駕馬掉頭，帶著人馬撤退，「別忘記你剛剛的所作所為！」

直到毰⿰鬲毛人馬完全消失在視線範圍後，巫彭才平靜地望了望四周的草叢緩緩說道：「別躲了，出來吧，巫抵、巫陽、巫履、巫凡、巫相。」

「原來你知道是我們呀。」巫履帶著其他四巫，一臉無趣從草叢中走了出來。

「我說巫履啊，雖然說你擅長暗殺，但是你的行動，卻害我多了一個小人的形象。」

巫抵在一旁為巫履辯解：「話是沒錯，不過要是巫履沒出手，你一定會死在毰⿰鬲毛劍下，畢竟毰⿰鬲毛的劍術是全毛民國最強的。」

「我就是討厭你這種說實話的個性，巫抵。」巫彭搖頭，也神色凝重地看著面前的五巫，「直接進入正題吧。我得到情報說，在你們五巫中，有人背叛了翡翎，跟毿氋有來往。所以今天我特地約了你們來湘靈南山，一切不為別的，我只是想知道這個人到底是誰。」

「不是背叛的人一定不會承認，是背叛的人當然更不會承認。巫彭，你套話未免太沒有技巧了吧？」巫陽莞爾。

「既然如此，就解散吧，反正也問不出個所以然來。」巫凡蹲下身，抬頭看著巫彭。

「巫相，你怎麼不說話？」巫彭看著沉默許久的巫相。

「沒什麼好說的……因為背叛的人根本不是我。」巫相眼神猶疑。

這時，巫履早已走到巫相身後，出其不意地拿著小刀抵住巫相逼問：「就是你對吧？你以為我們還不夠了解你嗎？每次只要你一說謊，你的雙手就會在背後搓揉著，同時發出一種極為安靜且人耳無法聽見的聲音，而這種獨特聲音，會召來你攻擊用的毒蛇群。」

巫彭和另外三巫，連忙看著周圍的草地，果然看見毒蛇群，從四面八方的土中鑽了出來，正向他們所在的位置吐著蛇信蜿蜒而行。

「巫相，你真的背叛翡翎？你快先停下蛇群的行動，我們可以好好談。」巫彭冒著冷汗。

「沒錯，我沒想到竟然會敗露，那我就承認吧——我投靠了毵㲣。」巫相笑著，「儘管動手殺了我，只要我一死，就等著被我的毒蛇群攻擊，渾身痛苦掙扎而死吧。」

「巫相……那麼現在……你到底想怎麼樣？」巫凡起身，瞪著巫相。

「廢話少說，快放我走，我就停止蛇群的行動。」巫相又是一陣冷笑，「巫履……你再不收回你的小刀，我會讓你什麼時候死的也不知道。」

「可惡……」巫履把小刀收回靴中，放開巫相走到巫彭身邊。

「好了，我也懶得跟你們糾纏下去了……湘山六巫到此為止了，下次見面，你們要有心理準備，我絕對不會像現在一樣手下留情的。」巫相說完，轉身揚長而去，蛇群也漸漸地退入土裡，不見蹤影。

巫抵走到巫彭和巫履面前問道：「巫彭、巫履，為何如此輕易相信他？現在以我們五巫之力把巫相解決掉是最好的時機啊，要是放他走，羽民軍跟毛民軍作戰一定會受到他毒蛇的威脅！」

「巫抵……如果我們跟巫相在這裡同歸於盡……翡翎和羽民國才是會陷入真正的危機，你懂嗎？」巫陽上前勸著。

「巫抵、巫陽、巫履，你們先回羽民國，保護翡翎吧。」巫彭拍了巫凡的左肩，「巫凡，我想麻煩你一件事情。」

「什麼事情？」

「幫我準備一人份的『復神水』材料，越快越好。」

「復神水……？巫彭你沒事喝滅靈酒幹嘛？」巫凡歪著頭反問道。

「不是我喝的，是一名來自別的地方的人喝的，剛剛我是從他眼色和行動發現到他誤喝滅靈酒，我必須熬復神水給他喝下，不然七天一過，他會失去性命的。」

「我明白了，材料一準備好，我會立刻帶上山給你的。」

「謝謝你了。」

【第肆章・酣戰】

鎧氃帶著人馬回到了毛民國本城，他獨自前去王宮找毿毾，宮裡的侍衛卻告訴他毿毾隨著項羽出城去操練軍隊。於是鎧氃又匆匆地駕馬出了城外，在位於毛民國西北的要衝——黃沙原，找到了毿毾和項羽。

「大王。」鎧氃上前向毿毾和項羽行了禮。

「你不是應該把守在湘靈南山嗎？」毿毾問道。

「請原諒屬下，原因是巫彭不知道找來誰保護他，我被暗算。」

「巫彭這傢伙……算了，反正我也不指望什麼不死藥了，」毿毾對著項羽大笑，「我剛剛見到項羽的用兵，才知道征服這附近諸國根本不是難事，哈哈！」

項羽面帶微笑，卻帶著冷酷說道：「項某會盡力消滅不知死活的羽民軍的。」

「項羽你說得好，那這裡的指揮權就交給你了，羽民軍隨便你要怎麼打吧，我先和鎧氃回本城去。」

「好的。」

於是毿毿帶著毰毸各駕著馬，在毛民騎兵的護衛下浩浩蕩蕩地回城，而項羽轉身揚著鮮紅披風大步回到帳內。

「毿毿啊毿毿……你當真以為……我會甘屈於你手下？你作夢吧……」項羽斟著美酒，對著桌上的劍說道。

「報告項將軍，有一名自稱要獻上能打敗羽民軍的計策的人求見。」一名毛民衛兵半跪在帳前問道。

「告訴他，我已經胸有成竹，輪不到他來教我！」項羽將手裡的酒杯向毛民士兵扔了過去，毛民士兵本能的閃開，杯裡的酒灑了一地。

「打擾了，項將軍。」一名穿著灰色風衣的年輕男人，推開毛民士兵，逕自走進帳內。

「你是誰……？」項羽腦海閃過似曾相識的感覺，起了身走到男人面前，「為什麼……我怎麼感覺到……你身上有我的影子？」

「不管時空再怎麼推進演變，我的身上仍然流動著你的血。我的祖先——項羽，我是你的後裔——項羿。」

「怎麼可能？垓下的時候……虞姬已經死了，在烏江的時候……我也自刎而死不是嗎？照理說……我是沒有後裔的。」

「你忘了在你認識虞姬之前，曾跟一名女人有過親密關係嗎？」

「難道……你是指……柳姬……？」

「沒錯，當時你帶領江東八千子弟兵過江前，柳姬就已懷了你的種，爾後你愛上了美人虞姬，就漸漸地遺忘了柳姬，但柳姬卻至死隱居在偏僻村落，沒有帶著孩子與你相認，為的就是不想破壞你跟虞姬間的關係，和維護你的名聲。」

「那……你真的是我的後裔了……？」

「我從另一個世界來到這裡，是要來幫助你的。」項羿拿出背在身後的劍，拿給項羽，「這是你在烏江自刎所用的劍。你的血附在劍上，因此成了一半殷紅一半銀白，人稱『王怨』的雄劍，但是歷來持有者都死於非命。今天我來歸還給你，畢竟你是最初的主人。」

「果然是我的劍。」項羽高興地把王怨抽出劍鞘，他感受得到，劍魂正在呼喚他作戰廝殺的熱血。

「另外，我有一個請求。」

「你說吧。」

「你是不是有一顆石頭？能否相贈於我？」

「想要的話就給你吧！你也幫我找回了劍不是？」項羽豪爽的從懷裡拿出石頭，隨手丟了過去。

「多謝了。」項羿穩穩地接過石頭，嘴角不禁揚起一抹笑意。

「沒什麼好謝的，反正這顆石頭對我毫無用處，既然你想收藏，那不如給你，對石頭而言也比較好吧。」項羽把王怨收入劍鞘，放在桌上，「你不是有打敗羽民軍的計策？還是說，這只是為了見我一面的幌子？」

「當然是有計策，我才敢如此說的。」項羿走到桌前，拿起酒壺喝了一大口，「如果我勘查地形沒錯的話，西南方有一條河流對吧？」

「西南方……你是說濛水？」

「我不知道它叫濛水，總之，毛民軍要從那裡進攻，才能有效地殲滅羽民軍。」

「此處黃沙原正是毛民國的要衝，毛民軍已有地利之便，為何要繞道從濛水進攻？豈不是捨近求遠？」

「所謂『攻其無備，出其不意』，」項羿又喝了一大口酒，「濛水流向會到羽民軍陣地後方，翡翎他不會想到毛民軍會乘船從濛水進攻，因此只要留下少許部隊，佯裝會從黃沙原和羽民軍正面交鋒，趁機派出大軍從濛水而攻，這將是一場足以大敗翡翎的奇襲。」

「你這麼有把握嗎？」

「作戰本來就是賭注一場，只不過這次是你當莊，而且結果已經可以預料，就看你要不要撈這一把了。」項羿放下酒壺，「你下決斷能越快越好，因為我的消息指出，翡翎三日後的清晨就會整合好聯軍，向黃沙原進發的。」

「好，這一次我就聽你的！」項羽注視項羿，「我現在馬上派人去準備船隻，在後天天未亮以前就調動大軍從濛水進攻！」

「這樣一來，翡翎就沒戲唱了。」

由於自己後裔的獻計，加上王怨回到手中，項羽召來傳令兵下了吩咐之後，就開懷地與項羿對飲起來。

一杯喝過一杯，一壺飲盡一壺，喝了整個晚上，項羽酩酊大醉，雖然已經趴在桌上昏睡，但手裡卻持杯不放，頻頻說著囈語。而項羿只覺得頭有點沉重，於是他步出大帳，想要吹著冷風，好讓自己清醒一些。

「你可終於現身，項羿。」巫相從一棵高大的槐樹後走了出來，語氣略帶不耐，顯然他是等了許久。

「我哪知道項羽那麼不容易灌醉……」項羿搖搖頭，揉著自己的太陽穴，「還好我這個後裔比他能喝得多。」

「今天我為了幫你探聽翡翎出兵的日子，已經背叛六巫，還差點死在巫履手上，事成之後，你應該不會忘記我們的約定吧？」

「我當然不會忘記的，我項羿說話一向說到做到——只不過……」

「不過什麼？」

「你一切要記得按照原計畫進行，千萬別出差錯，巫相。」

「我懂，那我先離開了。」巫相說完便匆匆而去。

項羿仰望滿天星空，冷笑起來：「其實……只不過我更喜歡出爾反爾罷了……」

嬴琦璇和蚩尤待在湘靈南山已經是第二天了，這天早晨一起來，蚩尤就像前一天一樣牽著嬴琦璇走到大桌旁，坐定等著巫彭弄好飯菜，也順便聊天。

飯菜送上桌面，蚩尤開始喝酒吃菜，只見嬴琦璇遲遲沒有動筷。

「嬴姑娘，妳怎麼了？是不是身子有哪裡不舒服嗎？」巫彭停下碗筷，關心地問。

「沒有，只是我夜裡做了一個深刻的異夢，讓我覺得好奇。」嬴琦璇微笑答道，「其實沒什麼大不了的，是我自己多慮了。」

「我會解夢，你可以把夢的大概情形敘述給我聽嗎？」

「就是我夢到……毛民軍在清晨的時候，分了很多隊伍划著大船，不知道要去哪裡。」

「毛民軍……清晨……划船……不知道要去哪裡……？」巫彭深思了一會，「糟了……翡翎和羽民軍有危險！」

蚩尤顧不得咀嚼，就快速地把口中飯菜吞下，問道：「有什麼危險？」

「根據我的了解，毿毿把指揮毛民軍的兵權交給項羽，而『划』這個字拆開來就是『戈』和『刀』，也是兩種毛民軍作戰慣用的兵器，更可以引申為他們將主動發動戰爭，加上『不知道要去哪裡』，則表示項羽將有奇襲。總而言之，羽民軍陣地，清晨將會受到毛民大軍的襲擊。」

「項羽率領？」嬴琦璇一臉不可置信，指揮敵軍的將領竟然是西楚霸王？

「如果說是毿毿或毰毸率領毛民軍的話還好，但聽說項羽驍勇善戰，我怕翡翎會大敗……甚至全軍覆沒……希望還沒發生……」巫彭焦急地站了起來。

「那就別再讓悲劇重演了，悲劇只要一次發生就夠……」蚩尤也起身，看著嬴琦璇和巫彭，「我們馬上趕過去翡翎那邊吧。」

「嗯。」巫彭和嬴琦璇異口同聲，然後隨著蚩尤出了木屋。

三人來到馬廄，巫彭和蚩尤各自騎上駿馬，而嬴琦璇緊抱在蚩尤背後，兩人快馬加鞭地下山火速朝著翡翎的陣地而去。

這時，項羽和項羿早已由濛水而攻，從羽民軍陣地後方上岸，兵分數路發動奇襲，對自家陣地後方毫無戒備的羽民軍，絕大多數在睡夢中就成了毛民軍的刀下之鬼，少數清醒奮力作戰的羽民軍，不是被火箭燒死就是被毛民軍圍住各個擊破，而翡翎則是不幸中的大幸，勉強帶著創傷，以及不滿千人的隊伍逃了出去。

狼狽敗逃的翡翎，在逃回羽民國的路上，剛好遇到了匆匆前來的巫彭等人，他沒有責怪，只是看著巫彭說道：「巫彭……我的十萬羽民軍慘死……我有什麼面目回國……？」

「是在下無能，害大王陷入危機之中，請大王賜我一死。」巫彭下了馬，跪在馬旁低頭向翡翎請罪。

「就算你死，也不能挽回什麼……好好想辦法打敗項羽，為那些因我的失策而枉死的羽民軍復仇吧。」

「在下明白。請大王快走吧，項羽一定會乘勝追擊的。」

「走吧。」

於是翡翎這一支敗軍會合巫彭等人，再次上路朝羽民國撤退，卻看見前方的地平線上沖起塵煙，有大軍蜂擁而來。

「這裡也有項羽設下的軍隊嗎……難道……我的命運和羽民國的國運就到此為止了？」翡翎毅然決然地抽出了沾滿鮮血的劍。

「大王還不能絕望，讓在下前去察看是何方的軍隊。」巫彭駕馬前去，蚩尤也緊跟在後。

遠在另一邊的軍隊，一名矇著左眼的將領望著翡翎殘軍所在的方向，對旁邊一名氣宇軒昂的將軍說道：「孟德，看來那是戰敗的羽民軍，我們好像來晚了。」

「元讓，繼續前進。」

這名被稱作「孟德」的將軍，就是千古名揚的梟雄曹操；他身旁那名矇著左眼的將領，正是他最信賴的部下夏侯惇。夏侯惇沒回答曹操，只是催促軍隊迅速前進。

巫彭沒多久就來到曹操軍前方，見到了曹操，並說明來意：「原來是曹操大人率領的聯軍，來得正是時候。翡翎大王現在已經脫離險境，請你護送殘軍回國吧。」

「你們先回國吧，我會派出一支騎兵部隊護送的，」曹操看了看四周的地形，是一片廣闊的青綠平原，「我打算在這裡駐紮，對付毛民軍。」

「孟德？」夏侯惇訝異，想要說什麼，卻被曹操擺手示意制止了。

「感激。」巫彭回頭，「嬴姑娘、劉公子，不好意思，讓你們跟著我到處奔波。」

「沒關係。」嬴琦璇微笑答道。

正當巫彭打算去迎接翡翎來此處時，翡翎已經率敗兵來到，會見過曹操後，委靡地在騎兵部隊的護送下撤回羽民國，而曹操也已經下令，全軍在這裡建築陣地。

嬴琦璇和蚩尤下了馬，和巫彭在陣地裡四處走動，嬴琦璇同時也發現這裡的軍隊是由三個國家聯軍組成的，而巫彭也介紹這三個國家，分別是：人面獸身的犬戎國、身邊總有薄雲圍繞的朝雲國，以及腳為馬蹄的釘靈國，讓嬴琦璇不禁嘖嘖稱奇，蚩尤卻突然覺得頭有點昏眩，腳步不穩，靠在嬴琦璇身旁。

「羽信、羽信，你怎麼了？」看著蚩尤渾身無力，嬴琦璇只能扶著他，「你不要嚇我，你到底怎麼了？」

「我、我……好難過……」蚩尤眼皮半閉，彷彿昏昏欲睡，額頭冒出汗水，臉紅著喘氣，「頭好痛……好像快要裂開一樣……」

「難道是……」巫彭見狀，馬上趨前把著蚩尤的手腕，「不好，滅靈酒的效力越來越強烈了，再這樣下去，別說是七天了，等不到明天，劉公子就會喪命的！」

「喪……喪命？」嬴琦璇的淚水已經凝聚在眼角，「巫彭大哥，你一定有辦法救他對吧？請你救救他！不可以……不可以讓他死啊！」

「滅靈酒給靈力越強的人喝，其效力越早發作；反之，一般人喝下，七天一過才會死去。」巫彭搖了搖頭，「劉公子到底是什麼人……？巫凡也不知道準備好了沒……總之，先把劉公子送回湘靈南山吧，我盡可能幫他暫時止住滅靈酒的效力。」

「好的。」

於是巫彭向曹操借了一輛馬車，趕回湘靈南山。在歸途中，駕馭著兩匹馬的巫彭，靜靜地朝車上陪伴蚩尤的嬴琦璇望了一眼，只見嬴琦璇緊握著蚩尤的右手不放，眼淚一滴一滴落在蚩尤胸前，已經溼透衣服。巫彭別過頭看著前方，他此時明白一件事——劉羽信是一個被珍惜的人。

視察陣地一圈後，夏侯惇尾隨曹操進了主帥帳內，雖然說他臉上故作鎮靜，內心卻是焦急異常，在帳內走來走去，一刻也不得安閒。

曹操正在研究地形圖，突然間看見夏侯惇的異樣，忍不住問道：「元讓，你是怎麼了？」

「孟德，」夏侯惇聽見曹操的疑問，大步向前指著桌上的地形圖，「你應該知道此地是什麼地形吧？」

「平原。」曹操不以為意。

「翡翎親率的羽民軍慘敗，能用之兵從十萬剩不到千人，而犬戎國、朝雲國和釘靈國三國聯軍的兵力也只有十萬，但毛民國有二十萬的大軍，是我軍的兩倍之多。原先相等兵力，我們跟項羽對戰的勝負就已經不易掌握了，如今差了兩倍，你又將陣地設在平原，要是項羽攻來，我們豈不是成了甕中之鱉，任他宰割嗎？」

「兵力多不代表一定能打勝仗，」曹操正視夏侯惇，「你忘了當年的赤壁之戰嗎？」

「孟德，舊事別再提了，我們不能拘泥在那時戰敗的陰霾中。」

「前事不忘，後事之師。」

「既然如此，那你已經擬定好作戰計畫？我們不可以魯莽行動啊，這場戰爭關係到參與的五個國家的命運。」

「項羽下一步一定是想趁士氣高昂，一舉攻破羽民國國都，捉住翡翎，讓聯盟國家聞風喪膽，不敢與毛民國為敵，這樣聯軍自然就會解散，接連被項羽亡國。」曹操換了個謹慎的口氣，「不過根據情報，黃沙原這個據點，項羽只留了少許的兵力，只要拿下黃沙原，毛民國的國都——毿毿所在的城市就近在眼前，所以……」

「所以你打算繞道集中兵力拿下黃沙原，直攻毛民國國都，給項羽一招『圍魏救趙』？」夏侯惇接過曹操的話，眼神迅速地閃過和曹操相同的勝利光芒。

「沒錯，毿毿不可能不下令項羽回師援救，我軍正好利用毛民軍撤退回國的時候，在他們必經的路上設下伏兵，狠狠地打擊他們。」

「但是……這戰略實行的風險太大了，不是嗎？」

「我明白你的意思。萬一出現項羽不撤軍救援的最糟狀況時，你必須死守住這裡，無論如何都要擋住項羽的進攻，不可以讓項羽對翡翎所在的本城造成威脅。在我攻下毛民國國都後，我會回來夾擊毛民軍的。」曹操神色凝重，他知道，此時能託付心頭重任的人，只有眼前這名一直以來和他出生入死的好兄弟了。

「孟德，如果現在會是我們最後一次見面，我真的很不甘願。」夏侯惇微笑著。

「元讓，如果是的話，你後悔嗎？」

「雖然說我們完全沒必要為翡翎拼上性命，但是知道毿毿的暴行，我們心裡那名叫大義的東西，就是不允許我們袖手旁觀。」

「說得好。」曹操右手搭上夏侯惇的左肩，「五萬兵力給你守備，夠嗎？」

「五分之一就好了，不用太多。因為你要攻下黃沙原和毛民國國都，單憑五萬兵力很不好打。」

「你只要一萬兵力？這……在二十萬大軍面前，脆弱得不堪一擊啊。」

「兵力多不代表一定能打勝仗。孟德，至少我也是個身經百戰的武將，該如何有效地運用少數兵力應戰，我很清楚怎麼做。」

「元讓……你……」

「別說了，快整軍出發繞道攻下黃沙原，捉住毿毿吧，對戰略實行而言，時間是致勝的關鍵。」

「你一定要平安活著等我回來。」曹操整了整頭盔，抖了抖披風，雙眼凝視著夏侯惇的獨眼，心頭頓時百感交集，深吸了一口氣，頭也不回地走向帳外，「我走了，保重。」

「嗯。」夏侯惇看著曹操離去的背影。

十萬聯軍在曹操的命令下，很快地挑選出了一萬名精銳士兵，交由夏侯惇留守；其餘的部隊，則在曹操的指揮下，馬不停蹄地奔向黃沙原。

在曹操離開後一個時辰，巫抵、巫陽、巫履等三巫，接了翡翎的命令，率領一支為數兩萬的羽民軍來到，與夏侯惇會合。

「三位，是來做什麼的？」夏侯惇在帳外見到了三巫，口氣卻顯得不耐，只因翡翎對他們的信任勝過自己和曹操，所以他對六巫的印象一直都不是很好。

「我們是奉了翡翎大王的指示，帶領羽民國最後的一支部隊來援助我方惡劣的戰況。」巫抵上前答道。

「那請你們三位，帶這支部隊，去增援孟德吧。」夏侯惇很快地依照目前的情勢作出了決定，「他比我更需要你們的幫助。」

「夏侯惇將軍，能否告知你們打算實行的戰略？或許是跟我所判斷的一樣？」巫陽不急不徐說出了看法，「我是這樣覺得——現在留在這裡牽制的軍隊，是完全擋不住項羽的大軍。」

「巫陽，你為何這麼想？」

「從周遭的情況就可以分析出你們打算圍魏救趙。」

「正如你所言。」

「要是帶軍的將領是稖黐，這戰略的確很有機會能夠成功。不過項羽並非泛泛之輩，如果他兵分兩路，一路攻打此處，一路從曹操將軍的背後襲擊，那麼我方將會像蠟燭兩頭燒，而陷入苦戰，不是嗎？」

「這……」夏侯惇被巫陽的這一個問號，問得啞口無言，巫陽一針見血地說出了這戰術的致命傷，卻是他和曹操討論時沒有想到的，如果有郭嘉在，就不會發生這種錯誤了，「那，現在該怎麼辦？孟德已經向黃沙原進發不久了啊。」

「所以我們必須在項羽接獲黃沙原被我方攻擊的情報前，把毛民軍引到此處西方三十里外的高坡去，在那裡伏下層層強弩，縱使是項羽也插翅難飛。」巫陽一口氣說完了對策。

「好，留在這裡的軍隊本來就是要牽制住項羽，讓孟德沒有後顧之憂。」夏侯惇頓了頓，看著巫陽繼續說道，「引誘項羽的任務，就交給我，至於伏兵以及戰術成功的追擊部隊，就全由你策劃部署吧，我相信你。」

「多謝夏侯惇將軍，你願意接受我的意見。」巫陽轉過身，對巫抵和巫履分別拊耳低言之後，兩人就匆匆領軍而去。

「巫陽，我們什麼時候可以去挑釁項羽？」

「根據我的估計，曹操將軍到達黃沙原還需要三個時辰，而我剛剛也囑咐巫抵和巫履必須要加快完成伏兵配置，所以我們差不多兩個時辰之後，就可以開始放長線釣大魚了。」

「嗯……會不會到時魚沒釣著，餌也丟了？」

看著夏侯惇仍然不放心的神情，巫陽信心十足地回答：「請你拭目以待吧。」

項羽和項羿正在沉醉於大敗翡翎的勝利滋味中，但從帳外匆匆跑進來的毛民衛兵，差點撞翻酒桌，毛民衛兵這突如其來的舉動，完全打擾到項羽的興致。於是項羽抽出了王怨，起身瞪著毛民衛兵。

「沒看到本將軍正在喝酒嗎？」項羽用劍削去桌子一角。

「請原諒屬下，只是有事稟告。」毛民衛兵大氣也不敢喘。

「這類小事不值得生氣。」項羿先是安撫項羽回座，隨即詢問半跪在地的毛民衛兵，「你說吧，究竟發生了什麼事情？」

「敵將夏侯惇率領為數約一萬的羽民軍，在陣外叫罵。」

「罵什麼？」項羽斟滿一杯酒，大口喝盡。

「屬下只聽到片段，他們一齊叫罵將軍短視近利，難怪會敗亡。」

「放肆！」項羽氣得面紅耳赤，「項羿，我留下一千兵力給你留守，我要親率大軍，消滅他們！」

明知是計，項羿卻沒有勸阻，反而順水推舟：「以你的威猛和兵力，這種事情如同秋風掃落葉，我會在此靜候捷報。」

於是項羽二話不說，隨即下令整軍出營，來到陣外與夏侯惇對峙。

夏侯惇看見有將領帶軍來勢洶洶，便拍馬來到軍隊前方大聲問道：「來者何人？我夏侯元讓不殺無名之輩！」

項羽也拍馬向前，抽出王怨直指夏侯惇，答道：「瞎眼的傢伙！我乃西楚霸王項羽，今天你準備記住我的名字下陰曹地府去吧！」

「哈哈哈，區區一隻楚猴，怎能與我相抗？你還是趁早撤軍吧，免得屍骨曝曬荒野！」

「我一定要割下你的舌頭，看你還能不能口出狂言！」項羽語罷，當下指揮大軍掩殺過去。

夏侯惇看見項羽兇猛地殺了過來，也指揮軍隊與之交戰，但終因兵力太過於懸殊，頃刻之間，夏侯惇的軍隊就潰敗逃竄。

項羽也不追趕那些敗兵，只是帶軍直追在夏侯惇身後，張弓搭箭，一連射了三箭，由於太過急躁，都沒能命中夏侯惇的後心，讓他氣得將弓折斷扔掉；夏侯惇回頭看見項羽完全中計，不禁揚起微笑，暗中在心裡叫好，也更賣力地將項羽引誘到巫陽所說的高坡去。

秋風吹拂過高坡上遍野的芒草，這時正當開花時節，一吹便是漫天飛散如絮。項羽率領的大軍追到此處，各各累得汗水淋漓，項羽毫不停歇，揮劍示意部隊隨他往更高處馳去。

項羽向四周望了望，早已不見夏侯惇的蹤影，也了解到此地原來是被高地圍繞的高坡，心中一種疑惑的感覺湧上心頭，於是就向身旁一名毛民騎兵說道：「此地……為何我感到殺意四起？」

「我方連戰連捷，將軍為何口出此言？」毛民騎兵不解問道。

「不……我頓時覺得太深入險境了，快退！」

就在項羽語音未落之際，已經站在高地跟巫抵會合的夏侯惇，俯瞰項羽完全自投羅網，馬上下了號令，一時之間伏在高地的羽民軍萬箭齊發，在項羽大軍的來時路也殺出一支由巫履和巫陽率領的伏兵，打算來個前後夾擊。項羽見狀，喝令大軍立刻撤退，和護衛的毛民騎兵殺開血路，馬不停蹄的奔逃。失去指揮的毛民大軍更是死傷無數，自相踐踏，情況比翡翎的大敗更加慘重。浩浩蕩蕩的二十萬大軍，竟落個不滿千人而活的下場。

經過一番死戰，項羽總算突破重圍，領著幾百名騎兵，回到項羿駐守的營地，只見項羿命人嚴守營門，不讓項羽等人進入。

「項羿！你這是幹什麼？」項羽不得其門而入，厲聲質問。

「沒做什麼，不過是不讓你進來罷了。」項羿答道。

「我軍中了敵人的詭計，正被羽民軍追討，你還不快開營門？」

「自己的爛攤子，自己收拾吧。」項羿指著身旁的巫相，「鬊鬆大王派人來說你懷有二心，要我押你回去審問，你最好是束手就擒吧。」

項羽命令著，卻沒有一個毛民士兵願意行動，全都待在項羿身旁無動於衷。

「可惡！這是怎麼回事？裡面的士兵，快點開門！不然當心自身性命！」

項羽無可奈何，但他明白此時並不能與項羿正面衝突，那樣只是自尋死路，也知道此時回去鬊鬆那邊，必然是百口莫辯。於是項羽決定逃亡別處，他破口罵了一陣，才領著敗軍離開。

眼看項羽狼狽而去的項羿，對巫相露出詭譎的笑容，準備開始下一步的計畫。

同時，曹操軍並沒有受到多大抵抗，就攻下了少數毛民軍把守的黃沙原，於是曹操下令一路挺進，來到毛民國本城城下。

在城牆上守衛的毛民士兵，看見曹操率領聯軍殺到，嚇得瞠目結舌，趕緊下了城牆，跑進宮殿報告毿㲝。

毿㲝聞訊後，匆匆與㲪毹上了城牆，只見聯軍已將城四面圍住，曹操威風凜凜立馬於南門城下不遠處。

曹操看見一群毛民衛兵簇擁著一名穿著高貴的人來到城牆上，料想必定是毿㲝親自前來，於是就對毿㲝喊道：「來者可是毛民國的國王毿㲝？」

毿㲝聽到曹操認出了自己，也不迴避，答道：「我就是。」

「我是翡翎授命的聯軍總帥曹操，黃沙原已被我攻下，奉勸你還是束手出城投降，免得一城百姓受苦！」

「胡說！」毿㲝反駁，「我先前才獲得翡翎被項羽大敗的情報，怎麼可能才不到一天時間，你就攻下黃沙原？翡翎沒有這種餘力才對！」

「項羽不過一介武夫，二十萬毛民軍，在我的計策之下，不過群蟻罷了。眼下我軍包圍此城，才是你們要認清的事實！」

㲪毹聽完，吩咐毛民衛兵保護毿㲝回宮殿，然後將自己的佩劍擲於曹操馬前喊道：「我們還可以堅守抵抗，為何要屈服於你？有本事的話，儘管來攻！」

「看來勸說是沒有任何意義了。」曹操嚴肅地揮劍傳下了命令，「全軍立刻攻破眼前這座罪惡之城！」

在曹操的一聲令下，聯軍有如潮水般朝著城下攻去，而毴毹馬上指揮著毛民軍堅守崗位，卻沒想到這些毛民軍，見到聯軍來勢洶洶，未打士氣就先輸了一半，更有無數毛民士兵往後退去，士氣隨即降到最低點，誰也不想上前抵抗即將登城而入的聯軍。

毴毹大怒，隨手抽出身邊一名毛民士兵的佩刀，斬了幾個後退的毛民士兵，以達到殺雞儆猴的效果，其他的毛民士兵才明白毴毹是絕不會給他們退路，只好抱著必死的決心對聯軍還擊。

接著毴毹派出使者和幾百名士兵從南門突圍，打算向項羽求援，曹操也不阻攔，下令聯軍放他們過去，因為這正是他所期待的。

聯軍一開始進攻還算順利，但攻到一半就遭到了毛民軍的頑強反擊，死傷者也漸漸多了起來。同時曹操也沒閒著，他帶了三名釘靈士兵，繞了城一圈，看穿了毛民軍並不是為了國家在作戰，只是為了自身性命。於是曹操對身後的釘靈士兵們吩咐道：「傳令東、西、北三城門的部隊，加緊攻城。另外也派人在城下喊話，說投降的可以免除一死，還可以得到賞賜。」

三名釘靈士兵接過命令，便各自向三個城門而去。曹操駕馬回到本陣，等待這座城池接下來會發生的事情。

過了不久，守衛東門的毛民軍，有些部隊認為與其為㲮㲪戰死，還不如投降曹操，以求活命的機會，於是打開了東門。曹操得知計策成功，立刻指揮南門的聯軍往東門攻入。

䅰㲪守在南門，正注意曹操的動向。此時一名毛民將領帶著一群毛民士兵跑到䅰㲪身旁說道：「不、不好了……！聯軍從東門攻進城內了！」

「不可能！曹操攻城才沒多久！東門怎麼會那麼快就陷落？」䅰㲪感到訝異。

「東門一軍和二軍向聯軍投降，大開城門放聯軍攻入，而東門三軍完全遭到殲滅，四軍正陷入苦戰！」

「傳令南門一軍和二軍跟我來！」

「那可不行，」那名毛民將領和十幾名士兵圍住了䅰㲪，「我們還想活命。」

「你們想造反嗎！」

這群毛民士兵並沒有回答䅰㲪，全部一擁而上。若以平時䅰㲪的武力，這些士兵是不足以造成威脅的，然而䅰㲪抵抗登城的聯軍，氣力已所剩不多，於是䅰㲪在殺死了幾名士兵的情況之下，還是被捉住。

西、南、北三門正在抵抗的毛民軍，看見曹操已經攻入，明白大勢已去，便丟下武器向聯軍投降。在宮裡惶惶不安的㲮㲪，早已得到失守的風聲，連忙換上簡陋的服裝，趁著城內一片混亂時，帶著幾名護衛從北門逃了出去，不知去向。

曹操佔領此城後，將聯軍全部調去南門城外待命，對於投降的毛民軍，更是派人安撫他們，免得另生禍端。曹操把一切整頓好，回到南門城外時，手下人押著鎧毹來到曹操馬前不遠處，等候處置。

「鎧毹，如何？此城已被我攻破，你還有什麼話要說嗎？」曹操揮手讓衛兵放開他。

「大不了一死，又有什麼好懼怕的！」鎧毹盤坐著，怒視曹操。

「為何不投降？跟著毿毿那種只為私慾的主子，你真的以為毛民可以過上好日子嗎？」見鎧毹答話口氣強硬，反而讓曹操更想勸服他。

「要殺就殺，何必說這麼多？我決不會向翡翎臣服！」

「當真要我殺了你？」

「我已無話可說。」

「我明白了，」曹操將一把劍扔到了鎧毹面前，「曹某敬重你是條漢子，是位真正的武人。」

鎧毹拾起了那把劍，發現這是他一開始守城時擲向曹操的佩劍，口氣緩和了下來，說道：「原來如此。」

「這對你是最好的處置吧？」

鎧毹並沒有答話，他知道曹操的意思，是要他自裁。他站起了身，衝到曹操馬前，嚇得士兵們連忙上前護衛，曹操一臉毫無畏懼之色，默然地看著鎧毹。

「曹操，我不服翡翎，但我服你！」鎧毹語畢大笑，閉上了雙眼，用劍朝著自己的心房迅速刺穿，隨即倒在馬下。

看著硻翫的鮮血流過坐騎的蹄下，身子像塵埃一樣化入土中，曹操感嘆著：「硻翫，我會記住你的名字。」

曹操讓部隊休息了近一個時辰，沒見到項羽的毛民軍回來救援，自知事情沒有像他預料的發展，立即下令整軍，火速撤返援助夏侯惇。

【第伍章・舊識】

卻說巫彭帶著嬴琦璇和蚩尤，快馬加鞭趕回了湘靈南山，由於蚩尤已經昏得不省人事，所以巫彭和嬴琦璇只好一左一右，扶著蚩尤走回木屋，費了不少時間和力氣才到達屋外，而巫凡蹲在那熬著東西，一種詭異的青煙正從藥壺中裊裊傳出。

「巫彭，你回來了。」巫凡起身，「因為你還沒回來，所以我就先幫你準備復神水了。」

「謝謝，不過你還真會挑時間。」巫彭用衣袖抹了抹額上的汗珠，「這裡交給我，麻煩你扶這名病人到屋內去安歇，順便守在床頭，隨時注意他的情況，有異樣馬上來通知我。」

「我明白了。」巫凡點頭示意，趨前從嬴琦璇身邊扶走蚩尤，進了屋內。

嬴琦璇隨著巫彭蹲在藥壺旁，問道：「巫彭大哥，羽信他不會有事吧……？」

巫彭看著嬴琦璇，順手丟了幾根木柴到火中答道：「再等一下就行了，到時候讓劉公子喝下復神水，我想，應該就能脫離險境才是。」

這時嬴琦璇原先七上八下的心，總算安穩許多，臉上也露出欣慰的笑容。

「只是，我一直有個疑問，」巫彭開門見山地問著，「劉公子究竟是什麼人？為何有強大的靈力？讓滅靈酒的效力發生得如此猛烈迅速……」

「這……這該怎麼說才好……」嬴琦璇答不上話。

「還是——劉公子他並不是人？」

「是的……他並非人類……」

「果然如此……嬴姑娘，我奉勸妳別跟他在一起，趁早離開他吧！因為在這個世界裡，跟神妖為伍的人，從來都沒有好下場。」

「謝謝你的好意，不過基於某些原因，我必須陪著他。」

「是嗎……那請妳多保重了。」巫彭掀開壺蓋，看著壺裡的藥水，已經熬到差不多一碗的分量，便莞爾轉頭看著嬴琦璇，「嬴姑娘，復神水已經熬好了，妳先去屋內等我吧，我隨後過去。」

「嗯。」嬴琦璇起身，快步進了屋裡。

過了一會，巫彭捧著一碗復神水，走到蚩尤所躺的床頭前，巫凡見狀，扶起昏迷狀態的蚩尤靠著床頭坐著，好讓巫彭餵蚩尤喝下。喝下之後，只見一陣黯淡的紫氣在蚩尤身邊蔓延，站在旁邊的嬴琦璇，也感到紫氣所散發的寒冷，忍不住搓起手心來。巫彭這時也牽起蚩尤的右手測了脈搏，眉頭一皺，拉著嬴琦璇出了屋子，不發一語。

「巫彭大哥，羽信他……究竟如何了？」嬴琦璇開口打破與巫彭相視的沉默。

「放心吧，他已經完全脫離險境，等下就會醒了，但是……」

「但是什麼？」

「妳說過，他非人對吧？」巫彭搖著頭，「雖然滅靈酒的效力被我用復神水化解了，但是他再也無法變回原形，他的靈力被封印住，這一生都只能是個人類了。」

「什麼？他不能再變回原形？」嬴琦璇瞪大了雙眼。

「很遺憾，但我已經盡力，只能幫妳到這裡。」

「沒……沒關係的，我想羽信他不會怪你，畢竟你救回他一命……是他的恩人……謝謝你……」嬴琦璇笑著回答，眼裡卻是泛著淚光，因為她一想到蚩尤失去原本的力量，要找到靈石會更加困難，找不到靈石也就不能跟黃帝對抗，更遑論幫炎帝復仇了，「請你……先別告訴他好嗎？我會找機會跟他說的……」

「我明白。」

這時，蚩尤恢復原來的神采，從屋內走了出來，在嬴琦璇背後愉快說道：「琦璇，我好了耶！有種重生的感覺！」

嬴琦璇聽到蚩尤的聲音，連忙拭去淚水，轉過身看著他，故作生氣的答道：「好你個大頭啦！你也不想想我這個主人為了你有多著急！」

「對不起，」蚩尤一笑，走到嬴琦璇面前，撫著她的長髮，「原諒我好嗎？」

嬴琦璇頓時愣住，蚩尤的一舉一動，完全是個夢中情人會有的行為，就算她身為他的主人，也已經分不清他究竟是妖是人了。

「妳怎麼了？」

「我……」嬴琦璇這時才回過神來，「你……沒覺得哪裡不對勁嗎？」

「不對勁？」蚩尤看著嬴琦璇錯愕的雙眼，右手摸著她的額頭，「妳沒發燒吧？」

「發燒？你……氣死我了。」嬴琦璇拉著蚩尤轉身就走，也回頭對巫彭說道，「巫彭大哥，我們暫時離開一下。」

巫彭會意，點頭答道：「好的。」

嬴琦璇和蚩尤來到了木屋外遠處的溪流旁，前幾天才綻放的白花遍佈在草地上，隨著微風輕輕搖曳，顯得嬌柔可愛，陽光下的溪流波光粼粼，嬴琦璇只是低頭看著河面自己的倒影，沒有說任何話。

「琦璇？」

「你知不知道你已經失去靈力了？」嬴琦璇壓抑著感受，平靜地說話。

「失去靈力？妳不是在開玩笑吧？」蚩尤說完，閉眼凝神，想要恢復原形，但他卻絲毫感受不到自己的靈力，更別提身軀會有任何變化了，「這……怎麼會這樣……」

「這樣你還認為我在開玩笑嗎？」

「不可能、不可能會這樣的……」

「巫彭大哥雖然把你救了回來，但他說由於滅靈酒的效力太過強烈，你終其一生都只能身為人類了……」

「那……炎帝之志、黃帝之恨、族人之仇……還有十四靈石的下落……不就無法完成？」

「忘掉好嗎？在這樣的幻境世界裡，人類是脆弱得不堪一擊……我很害怕……在某個時候……你或我會像塵埃一樣消失……」嬴琦璇轉身緊緊抱住蚩尤，淚已經落了下來，「我們趕快回去現實世界裡好嗎……」

「回去……？」看著嬴琦璇聲淚俱下，蚩尤不禁心疼了起來，他甚至覺得自己失去靈力跟她的傷心比起來只是小事而已。

這時，一道紫光迅速地從蚩尤的口袋裡閃了出來，只見女娃站在蚩尤身旁，怒目看著嬴琦璇，說著：「就算蚩尤大哥已經成為人類，我相信他還是會留下來尋找十四靈石為我父親復仇的……我會陪著他面對一切困難，要走妳自己走，沒用的人類！」

「妳……」面對女娃突如其來的斥罵，嬴琦璇終於忍不住情緒，推開了蚩尤，朝著山上奔去。

「琦璇——」蚩尤轉身看著嬴琦璇漸行漸遠，準備去追。

「蚩尤大哥！」女娃連忙用雙手拉住蚩尤的左手，「不要去追她好不好？我們快去跟巫彭探聽十四靈石的下落。」

「女娃，妳……妳太過分了！」

蚩尤看了女娃一眼之後，立刻前去追嬴琦璇。

蚩尤追了一段路，在一棵挺拔的松樹下，看到跪坐哭泣的嬴琦璇，他放慢了腳步走到她旁邊，靜靜地蹲下擁著她。

「蚩尤……」嬴琦璇將臉埋進蚩尤胸前。

「琦璇，我知道剛剛女娃說的話太過分了，請妳原諒她好嗎？」蚩尤輕聲說著。

「我可以原諒她……那你可以明白我的害怕與擔心嗎？」嬴琦璇停止哭泣，抬頭看著蚩尤。

「當然可以，只不過……」

「只不過什麼？」

「我希望妳能和我繼續尋找十四靈石。」

「可是你已經失去靈力，不能變回原形了啊，如果我們遭遇到危險怎麼辦？」

「我們有女娃啊，再說我可是蚩尤，就算沒了靈力，蠻力也不差的。」蚩尤笑了笑，「別哭了。」

「萬一……遇到比我們強大的敵人呢？」嬴琦璇起身，擦乾臉龐上的些許淚水。

「要是這樣，我會不顧一切地掩護妳逃走，就算要犧牲我的性命也在所不惜，如果有千萬分之一的不幸──我會遵守當初在通地井落下時跟妳說過的那句話，和妳一起死。」蚩尤也起身，往原先走來的路走著，「我們先回去找女娃吧，然後再跟巫彭告辭。」

「我們走吧。」嬴琦璇淚水又湧滿眼眶，她願意緊隨他的腳步在這個未知的世界裡闖蕩。

兩人回到了溪流旁，卻不見女娃的身影。

「女娃——妳在哪裡——！」蚩尤喊著，卻沒有得到任何回應。

嬴琦璇一邊向四周張望，一邊說道：「你剛剛來找我之前，到底跟她說了些什麼啊？」

「我說她趕妳走是太過分的事情，然後我就跑來找妳了。」

「女娃現在一定很傷心……你這個笨蛋……」

「難道妳要我認為她趕妳離開是對的事情？」

「我可沒這樣說，我只是覺得你太直接了。」嬴琦璇搖搖頭，「她大概已經先離開了吧。」

「嗯……那我們也離開吧，我想她會照顧好自己的。」蚩尤往巫彭的木屋走去，「我相信我們還會再見的。」

「嗯。」

嬴琦璇和蚩尤暫時放下了對女娃的牽掛，回到了木屋外，看到巫彭正對一隻停在巫凡肩上，全身呈七彩顏色的老鷹交談，讓兩人好奇地走了過去。

兩人走過去的時候，那老鷹振了振翅膀，用著極為銳利的眼神看著他們，說道：「有陌生人來了。」

巫彭轉頭看見嬴琦璇和蚩尤後，只是擺手：「昊鷹，他們是自己人，無妨。」

「自己人？巫相也是自己人，卻背叛了我們。」

「大戰已經結束，他們不管有什麼舉動，都改變不了我們勝利的事實。」巫彭換了個堅定的口吻，「至於巫相，我們五巫遲早會解決他的。」

「那就祝你們順利，我先回去覆命了，畢竟我來這裡是傳遞消息，不是來跟你聊天。」昊鷹飛到空中盤旋了一會，隨即衝入雲層之中，不見蹤影。

「請問，那隻老鷹是……牠為什麼會說人話？發生了什麼事情嗎？」嬴琦璇等昊鷹離開之後，才上前詢問。

「牠叫昊鷹，是藏於羽民國深山裡的怪物，但在幾年前毛民在邊境趁牠不備時用毒箭射牠，翡翎正巧路過，親率部隊救出了牠，從那之後牠就自願到各方替翡翎傳達王命。」巫彭微笑，「這次昊鷹來傳達的消息，是說夏侯惇用巫陽的計策，打敗了項羽軍；同時曹操也攻破毛民國，毵毿下落不明，翡翎隨即任命曹操當毛民國國王，替他治理毛民國，各自創立一個互不侵犯的國家。」

「那麼毛民國名存實亡了？」

「總比被毵毿玩弄在股掌之間好吧？對了……看樣子，你們要離開了？」

「是的，既然毛民國跟羽民國的戰爭已經落幕，我們也無理由繼續留在此處，我們要去尋找某些東西。」嬴琦璇點頭答道。

「恕我冒昧，你們是要找什麼東西？也許我能給你們一些線索。」

不等嬴琦璇答話，蚩尤就上前說道：「我們要找十四靈石。」

「十四靈石？雖然我遊歷過的地方是不計其數，但這我還是第一次聽說。」巫彭摸著下巴，偏頭看著巫凡，「巫凡，你聽過嗎？」

「抱歉，我也沒聽過。」巫凡搖頭，不好意思地笑著。

聽到這裡，嬴琦璇略顯失望的轉頭看著蚩尤，說道：「怎麼辦？要漫無目的去找嗎？」

「雖然我們不知道，但我倒有個線索可以給你們，」巫彭伸出右手指向東方，「你們往這個方向過去，就會到達巫山，在巫山之上有一個巫師名叫孟涂，也許他知道有關十四靈石的事情吧。」

「巫師？你們跟他有關係嗎？」嬴琦璇問道。

「沒有，我們並不想跟他扯上關係，因為他這個人向來詭譎。其實我不太建議你們去那裡，雖然孟涂知道的事情真的很多。」

「就算他會做出什麼對我們不利的事情，我還是要去，畢竟這是我們目前唯一的線索了。」蚩尤對嬴琦璇點了點頭，「琦璇，我們走吧。」

「那請你們萬事多加小心了。」

「嗯，我們會的。」

蚩尤說完，和嬴琦璇揮手告別了巫彭和巫凡，沿著溪流旁的小徑下山，朝著巫彭所說的巫山的方向而去。

嬴琦璇和蚩尤走了一陣子，來到一處有點高的土丘上，嬴琦璇不以為意，拉著蚩尤走下了土丘繼續向東走，但是卻突然被蚩尤拉到一旁的道路。

「幹嘛？怎麼了嗎？」嬴琦璇看著蚩尤。

「妳看。」蚩尤指著眼前的天空。

「嗯？」嬴琦璇抬頭看著前方的天空，看見兩隻大雁，盤旋在空中，「這是……？」

「看來牠們敵意很強。」蚩尤顯得冷靜，「我們先靜觀其變吧。」

「嗯。」嬴琦璇有點害怕地躲在蚩尤背後，看著天上的大雁。

蚩尤決定按兵不動，那兩隻大雁來回不停，高度比剛剛略降了不少，也開始發出淒厲的哀鳴，那聲音讓人聽了都要心寒三分。

「快走。」蚩尤拉起嬴琦璇的手跑下土丘向前奔去。

兩隻大雁看見嬴琦璇他們向前逃走，並不是往原來走的路而逃，叫聲更為急切，振翅低空追著，打算攻擊他們。

雖然嬴琦璇和蚩尤用盡力氣的跑，還是被大雁追上，嬴琦璇也因為兩隻大雁的攻擊而差點跌倒在地。

「琦璇！」蚩尤連忙用身子護住嬴琦璇，任憑大雁的攻擊如雨點般落在他身上，「妳還好吧？」

「我還好……現在該怎麼辦？」

「除了制服牠們，沒有別的選擇了。」

蚩尤隨手撿起身邊一根枯木，朝著一隻大雁奮力地打了過去。

面對蚩尤突然的攻擊，那一隻大雁閃避不及，被枯木正面狠狠擊中，哀鳴一聲便墜落地面，而另外一隻大雁看見同伴被蚩尤擊傷，馬上飛落到受傷大雁的旁邊不停鳴叫。

蚩尤扶起嬴琦璇，擁著她的肩，看著那一對大雁，也不知道接下來該怎麼辦。

「蚩尤，我們還要留在這裡嗎？」

「我們先待在這裡看看情況吧……」蚩尤向前走了數步，想要觀察大雁的傷勢。

「請手下留情！」一名男子上氣不接下氣的奔來，「請、請不要傷了牠們……」

「你是誰……？」嬴琦璇躲在蚩尤身後，心有餘悸。

「我叫元好問，這一對大雁是我的好朋友。」元好問喘著大氣，當他看見受傷的大雁時，忍不住驚呼起來，「這是怎麼回事？」

「是我……打傷牠的。」蚩尤看見元好問的難過，也感到後悔。

「唉……不能怪你們啊……」

「你說你是牠們的好朋友，那你一定懂牠們為何要攻擊我們吧？」嬴琦璇撫著手臂上的紅腫，想要了解。

「你們是否想要往這個方向行進？」元好問看見嬴琦璇和蚩尤都點頭之後，才繼續說下去，「這裡過去會走到一處山崖，名叫震天崖。而山崖下有一個山洞，傳說幾千年以來，裡面關了一隻猿怪，原本洞口被巨石擋住，所以猿怪並不能出來洞外。但在幾個月前，巨石似乎是被猿怪的怪力打碎了，猿怪在山洞周圍襲擊路過的生靈，造成不少傷亡。這兩隻大雁，一雄一雌，受傷的是雄雁。牠們之所以對你們攻擊，發出警告，正是為了要勸阻你們過去，免得你們被猿怪所害。」

「原來如此……對不起。」嬴琦璇低下身子，輕輕摸著雄雁的頸子。

因為失血過多的關係，受傷的雄雁只是微弱的叫了一聲回應，之後就閉上眼瞼動也不動。而雌雁看見雄雁已經死去，仰天悲鳴許久，振翅飛到元好問身邊，元好問像是明白了什麼，點著頭卻沒說任何話，只是溫柔地摸著雌雁的頭頂。雌雁環繞元好問數圈之後，飛到了半空中，對著雄雁旁邊的地面俯衝，撞地而亡。

嬴琦璇和蚩尤都被雌雁這突如其來的舉動，感到不知所措，只能看著元好問感傷的臉龐發愣，無法從自己的腦海中理出個頭緒。

「問世間，情為何物，直教生死相許……不管在什麼時空，情仍是最永恆……」元好問抬頭看著白雲悠悠的藍天，接著把視線放到了他們身上，「你們真的要向東去？」

「因為一件重要的事情，我們必須去找一個人。」蚩尤說明了原因。

「是嗎……如果你們非去不可，那我也不能阻止你們。」元好問換了個慎重的語氣，「請你們務必小心。」

「謝謝你，」蚩尤牽著嬴琦璇向元好問點了頭，「告辭了。」

雖然元好問明說了這條路上有猿怪，但蚩尤還是決定繼續往東走去，只為了得到情報的那一絲可能。

走了一大段路之後，眼看元好問說的震天崖就在不遠處，嬴琦璇停下腳步，拉住蚩尤的衣角說：「我們回頭找別條路走吧。」

「為什麼？都已經走到這裡了不是嗎？」

「因為……我……」嬴琦璇不知該如何開口才好。

「因為這條路有猿怪，所以妳在害怕嗎？」蚩尤笑了起來，「真不知道從什麼時候開始，妳變得這麼膽小啦？」

「你……！」嬴琦璇推開蚩尤，逕自往前走去，「誰、誰說我怕的！哼！」

正在嬴琦璇走過去山崖下的時候，伴隨著一陣哮吼，一隻全身毛如霜雪，身軀龐大的白色猿猴從山崖上跳了下來，虎視眈眈地看著嬴琦璇。

「呃……」嬴琦璇嚇得不停地倒退，直到靠在蚩尤面前才停了下來，「猿、猿怪……」

「算你們運氣不好，」猿怪齜牙咧嘴，「準備被我吃掉吧。」

「你確定？」蚩尤淺淺一笑，「王稱九黎寒妖的雪猿。」

「你……怎麼知道大王給我的封號？」就像當初梟尤遇見蚩尤時一樣，雪猿感到非常訝異，「你是誰？」

「蚩尤。」

蚩尤輕輕地說出了這兩個字，卻重如千鈞，落在雪猿最痛苦的心裡深處。

原來，在那場四千年前，決定蚩尤和黃帝之間勝負的涿鹿大戰，雪猿一個疏忽而犯下的錯，導致整個戰局改觀，不但使自己在混戰中被生擒，也讓蚩尤最後力竭不支而成為黃帝的階下囚，被封印在封魂錄之中。對此，雪猿在這不見天日的四千年裡，是一次接一次的悔恨與嘆息過著每一天。而今，蚩尤逃離了封魂錄，出現在牠面前，怎能不讓牠驚訝？

「大、王……？」雪猿愣在原處。

「你是怎麼了？我不記得九黎寒妖是如此遲疑不決的——」蚩尤上前，抬頭看著比自己高出許多的雪猿，伸出右手，輕輕撫著雪猿散發著寒氣的右臂，「這幾千年來，你過得還好嗎？」

「我的生死一點都不重要，」雪猿蹲下身子，「聽說大王被封在封魂錄裡，沒怎樣吧？」

「也不過是像稱王一樣的舒適，但就是少了自由。」

「那大王為什麼是人的姿態？莫非……大王的靈力消失了？」

面對雪猿這個問題，蚩尤也沒有什麼好隱瞞的，於是蚩尤便把失去靈力以及只能用人的姿態的前因後果簡略地告訴雪猿。

「原來如此……」雪猿看著嬴琦璇，「那她又是……？」

「是她把我從封魂錄裡救出來的，沒有她，就沒有現在的我。」

「謝謝妳救了大王。」

「沒什麼，舉手之勞而已。」嬴琦璇莞爾，發現蚩尤的部下都很通人情，完全沒有像傳說中那麼冥頑不靈。

雪猿盤坐在地，看著蚩尤問道：「那大王現在有何打算？」

「收集傳說中的十四靈石，藉此得到力量，打敗黃帝。」

蚩尤回答的同時，也接過嬴琦璇拿出的靈石，給雪猿過目。

「這個世界裡存在如此神奇的十四靈石？那我們分頭去找吧，這樣可以省下不少時間。」雪猿確認了靈石的模樣後，果決地說著。

「好，那我們就約定兩天後的清晨，在這個山崖下碰面。」

「沒問題，不過請大王多加小心，畢竟這個世界裡有太多未知。」

雪猿說完，猛然一躍便到山崖之上，隨即不見蹤影，只傳來牠奔跑的步伐聲。

「我們去找孟涂吧，希望三天後雪猿可以帶回好消息。」蚩尤牽著嬴琦璇的手，繼續往東方走。

大約又走了一個時辰，嬴琦璇和蚩尤走到一座山腳下，兩人都認為這裡大概就是巫彭所說的巫山了，而就在他們停下腳步抬頭仰望山頂的同時，有一個全身穿著都是深紅色的中年男人從山路上朝著他們走了過來。

「你們是誰？」男人給了他們一個淺笑，卻深得令人難以捉摸，「我就是孟涂。」

「你就是孟涂？你怎麼知道我們是來找你的？」蚩尤略感驚訝。

「若不是來找我，這裡也不是你們該來的地方。」

「那我就直說了，請問你有聽過十四靈石嗎？」

「十四靈石？你要找的……是這個嗎？」孟涂說完，從腰際的一個小錦囊拿出來一顆絳紫色的石頭，眼神卻直盯著蚩尤的雙眼。

蚩尤雖然靈力被封印住，但還是能感應到絳紫色石頭的強大靈力，而他也明白孟涂的意思，反問道：「要怎樣你才會給我？」

「很簡單，你去二八神人那邊把蒼穹之玉拿來給我就行了。」

「蒼穹之玉？二八神人？」蚩尤雖是一臉疑惑，但也明白幾分——看起來，想要得到這顆絳紫色的靈石，要付出的並不是一般的代價。

孟涂依然笑了笑，從袖裡拿出一個用紅色的紙折成的紙鶴，拿給蚩尤：「這個血符紙鶴，只要把它向半空一扔，同時說『飛』，它就會帶你們去你們該去的地方，而你們只要一停下腳步，它也會跟著停下。」

蚩尤回頭看著嬴琦璇，他不知道該不該接受。

「我們拒絕。」嬴琦璇說出蚩尤的顧慮，「你只是想利用我們。」

「那石頭先給你們，你們得去一趟了吧？與其兩邊都不相信對方，不如有一方先展現誠意，希望你們不會欺騙我。」孟涂把靈石放回錦囊裡，跟血符紙鶴一起交給蚩尤。

蚩尤接過兩樣物品，拿給嬴琦璇，牽著她轉身就走，但也留給孟涂一句話：「我們會把你要的東西帶回來的。」

嬴琦璇和蚩尤離開巫山之後，嬴琦璇將錦囊裡的靈石拿出，收進包包裡，接著把血符紙鶴扔向空中：「飛！」

在那瞬間，血符紙鶴彷彿有了生命，振了振薄翼，朝著北方不急不徐地飛了過去。

蚩尤抬頭看著血符紙鶴的飛行，說道：「我們跟上吧。」

「嗯。」

兩人跟在血符紙鶴後面，而血符紙鶴不但像有了生命，還通人性地配合著他們的速度飛行著。

走了半個時辰，他們來到一座樹林的前方，兩人停下腳步，看著這一大片形狀像柏樹，樹葉卻長滿珍珠的怪樹，不禁瞠目結舌。

「哇……把這裡看起來價值不菲的珍珠裝滿整個背包，回到現實世界去，一定可以賺到一筆不小的數字呢……」商家出身的嬴琦璇，馬上對這些潔白的珍珠打起了如意算盤。

「琦璇，這種不尋常的地方，一定有不尋常的事物，我們得小心提防。」蚩尤顯然沒有被眼前的景象迷昏了頭，向四周提高了警覺。

「我說，黃帝也太不小心了吧？」一名頭綁深藍色頭巾，穿著淺藍色長袍的中年男子從一棵珍珠柏樹後面走了出來，倚靠在樹上看著蚩尤，「竟然讓你從封魂錄裡逃了出來？」

「你是誰……為什麼你會知道封魂錄的事情？」蚩尤面對來人，腦海裡有一種熟悉，卻突然無法想起。

「就算你故意化身為人，還是逃不掉我這雙曾為黃帝參謀的眼睛。」

「我想起來了，你是風后。」

「喔，讓我想想，自從黃帝把你封印起來，至今有四千年之久，你還記得我是誰呀？」風后忍不住笑著。

「那當然，當初你造出指南車破了我的霧里大陣，指揮黃帝軍殺了我的千萬部下，這仇恨我怎麼可能會忘記？」

「不過我還真後悔打敗了你。」

「哼，該不會是黃帝想除掉你吧？」蚩尤感覺得出來，他的笑中有太多無奈。

「正如你所言，黃帝封印你之後，把我派到這裡來，卻命令我沒有他的指示，說什麼都不能回到天界。」

「我看他是害怕你會危及到他的地位。」

「孤寂的四千年來，這裡等同另外一處封魂錄，蚩尤……」風后從袖裡拿出一顆赭紅色的石頭，趨前拿給蚩尤，「這個石頭給你，你能幫我報仇嗎？」

「這不是……十四靈石？」蚩尤壓抑住欣喜，收下送上門來的第四顆靈石。

「原來你識貨呀，不過我想你好像還不懂石頭的作用？」

「作用？不就是蒐集到十四顆靈石，吃下去之後就可以得到撼天動地的力量？」蚩尤不以為然的回答，如果他連十四顆石頭的力量都不明白，那他何必如此辛苦到處尋找？

「你只知其一，不知其二，」風后擺擺手，「這顆赭紅色的靈石，是所有靈石中，唯一能化為神兵的靈石。」

「化為神兵？」

「沒錯。」風后對蚩尤笑了起來，「這石頭吃下去就能得到力量，並能夠用來武裝自己。我要是吃了石頭，雖然說力量也會提升，但仍不及你們神妖原有的力量的百分之一，所以你就吃下去吧。」

「我的靈力已經被滅靈酒封住了，光是一顆石頭……可以讓我的力量重回？」

「你喝了滅靈酒還活著，一定是有人救了你吧。就算你的力量被封印，這石頭也能讓你恢復部分力量。」

「嗯。」蚩尤不再遲疑，將手中的赭紅色靈石吞了下去。

只見蚩尤全身不停地發出紅色的光芒，一臉苦痛，站著看來對他而言是一件很勉強的事情。過了不久，蚩尤終於忍不住疼痛而半跪在地，接著雙眼一瞪之後就倒在地上，昏了過去。

「蚩尤！」嬴琦璇見狀，連忙低身蹲在蚩尤身旁，一邊瞪著風后，「你最好老實說，他到底怎麼了！」

「這只是為了變得更強，所必須的過程。」風后微微一笑。

嬴琦璇聽風后這樣回答，也只好忍住擔心，靜靜地等著蚩尤醒來。

也不知道等了多久，連風后都忍不住靠在樹下打起盹來，時深時淺的打呼聲，讓嬴琦璇受不了，只好摀起耳朵。嬴琦璇思索蚩尤什麼時候才會醒來的同時，看見蚩尤緩緩睜開了雙眼，於是她喜出望外地撲在他的身上。

「蚩尤，你終於醒了。」風后打了個呵欠看著他。

「在我還沒有打敗黃帝之前，我是不會死的。」蚩尤在嬴琦璇的攙扶之下，站起身子看著風后，「我感覺力量正源源不絕的湧出。」

「好好相信這股力量吧。」

「嗯，我試試看。」蚩尤閉起眼試著將腦海放空，努力把身子放鬆，而他在一片漆黑的視線中，發覺兩個字的浮現，也聽到某種聲音，「歧焱？」

就在蚩尤說出這兩個字的同時，從他的左臂上裂開了一個傷口，露出一個武器的把柄，於是他好奇地將它抽了出來，是一把全為殷紅之色的鋼刀，而一旁的嬴琦璇像是很欣賞似的，伸出了手想要觸摸這把刀，指尖才碰到刀身，卻被燙得驚叫著把手收了回去。

「這把歧焱已經認同蚩尤是他的主人了，所以妳才會被高溫所傷，」風后一副理所當然，「除非蚩尤死，不然歧焱絕不給其他人使用。」

「真是一把忠心的刀啊。風后，謝謝你的幫助，不過我們得離開了。」蚩尤將歧焱收回了左臂上的傷口裡，而傷口在一剎那也痊癒，手臂像是什麼事情都沒發生過的完好如初。

「你們要去哪？」

「去找二八神人。」

「他們不是守護蒼穹之玉的十六個神人嗎？」風后恍然大悟，「你是不是答應了孟涂的條件？」

「你知道孟涂？」

「以巫山為中心方圓百里，沒有人不知道他惡名昭彰，而二八神人雖貴為神族，卻早已墮落跟孟涂同流合汙了。」

「同流合汙？什麼意思？」嬴琦璇打從一開始就覺得不對勁，現在風后又說出這些，讓她更加想知道孟涂的條件背後究竟隱瞞了什麼。

「事實上，蒼穹之玉的用途只是讓持有者能夠控制當下的天氣罷了，而孟涂想藉此蠱惑人心，於是他跟二八神人商量之後，決定誘騙百人踏入二八神人的地盤，給他們殺害，用憎恨的鮮血來完成百冤陣，好讓他們的道行大幅提升。」

「真是卑劣……」蚩尤握緊了雙拳，「還好我們在這裡遇到了你，不然差一點就中計了。」

「嗯，再說你們的目的是尋找靈石，沒必要在此浪費時間，所以快離開這裡繞道而行吧。」

「不，」嬴琦璇對蚩尤挑眉一笑，「既然蚩尤體內的滅靈酒封印已經破解，我們就更應該去找二八神人。」

「為什麼？」風后不解。

「因為就算我們離開，還是會有人被犧牲，所以我們要去解決他們。」

風后聽完，先是頓了一下，接著像是不可否認的搖頭笑著說：「妳真是霸氣十足。」

風后接著又說了一些關於十四靈石的線索和二八神人的事情，蚩尤他們聽完就跟風后告別，繼續啟程，跟著血符紙鶴飛行的方向而去。

大約又朝北方走了半時辰，此時有涼風吹來，卻夾帶著濃濃的血腥味，讓嬴琦璇聞得攢眉蹙鼻，看著蚩尤問：「這裡……會不會就是二八神人佈下的百冤陣？」

「應該是，我們小心為上。」蚩尤從隱約發著紅光的左臂裡抽出了歧焱。

「嗯。」

兩人向前走了不久，看見四周都是一處一處散了一地的白骨，這些白骨上還略附著屍肉，屍肉的部分也爬滿不少蠕動著的蛆，而在這一大片白骨荒野的中央，有一大灘不斷湧出的血水，血水裡更傳來陣陣淒厲的呼喊聲，這情景讓嬴琦璇越加作嘔，快要昏了過去。與此同時，一處處的白骨堆上突然都各站著一名穿著華麗的人，有穿橘黃色的，有穿深藍色的，也有穿墨綠色等等各種顏色都有，而這群人唯一的共同點就是朝著蚩尤他們詭異地笑著。

「你們，想必就是二八神人吧。」蚩尤看了看四周，發現總共剛好有十六個人，而且特徵跟風后說的一樣就是服飾華麗。

「我叫璌……是這塊土地的主宰……孟涂那傢伙做事還真俐落啊……」一名自稱「璌」的橘衣神人一臉高興，而其他十五個神人慢慢走向他，融入了他的身體裡，璌面容頓時變得十分猙獰，「你們死了可別冤我啊。」

「這也算神族？真是個怪物。」蚩尤感覺璌的靈氣大幅增加，雙手握緊了歧焱，朝著璌衝了過去。

面對蚩尤握著歧焱來勢洶洶，璌愣在原地，彷彿連空氣都被凝結了一般，剎那間就被蚩尤一劈為二，血液四濺倒在地上，一塊藍綠色玉珮從衣袖中掉了出來。

看著璌如此不堪一擊，大大出了蚩尤以及嬴琦璇的意外。蚩尤走到璌屍旁，彎身拾起了玉珮問著：「這應該就是蒼穹之玉，可是……我就這樣打倒他了嗎？」

「以歧焱的力量，再加上你原有的怪力，輕而易舉就打倒他是可以預見的事情吧？」嬴琦璇一邊回答蚩尤的疑問一邊轉身就走，她現在只想趕快離開這噁心的地方，「我們走吧。」

「嗯……」蚩尤雖然轉了身，但還是不放心的回頭望了一眼璌的屍體才跟著嬴琦璇離去。

蚩尤他們離開後沒多久，孟涂在血水池中現了身，上岸走到璌旁，笑道：「璌，你怎麼這麼狼狽啊？」

「如果只是來取笑我的話，你可以滾了。」被斬成兩半的璌，瞬間恢復了模樣，站了起來拍拍身上的塵土，「混帳。」

「別這樣拒我於千里之外啊，我午覺醒來，從血紅紙鶴的眼裡，看見你出了事，就立刻趕來這裡。」

「若不是我察覺到那刀的恐怖，犧牲掉百冤陣一部分的靈魂，恐怕連我都要喪命。」

「打倒那傢伙，你的道行不是可以大幅提升千年嗎？能變化出來的複製體就不止十五個了吧？」孟涂反問。

「你想死的話，我現在可以給你個痛快。」璝白了孟涂一眼，「不過這下可好了，你要的蒼穹之玉被拿走了。」

「反正血紅紙鶴還跟著他們，我也不怕他們逃掉。」

「那傢伙根本不是一般的人，你要怎麼對付他？」

「巫相，我們去找巫相吧。」孟涂像是有了主意的點了點頭，「我們必須要借助他的力量。」

「算了吧！他成不了什麼氣候。」璝嗤之以鼻。

「我要借的是他後面那個龐大的靠山，那才叫真正的力量。」

「你是指……項羿？」

「沒錯。」

「我不覺得他會幫我們。」

「我又沒說他們會無條件幫我們，求之於人總是要付出一些代價的。」

「你打算怎麼做？」

「把布於太虛幻境的昫玥之陣的位置告訴他們吧。」

「昀玥之陣？」

「他們目的是要闖入天界，所以他們一定打算破壞昀玥之陣，我用這條件去交涉想必會成功。」

「巫相會不知道嗎？他可是這個世界裡的人哪。」

「你要是不相信有機會成功，那我自己一個人去找他們談談。」孟涂甩袖而去。

「我跟你去就是了。」璝見狀連忙追上孟涂，和他一起去找項羿。

一陣風拂過，血池裡的血水一波一波的蕩著，骷髏頭顱上的眼神依然空洞，似乎默默地在望著孟涂他們離開的背影。

【第陸章・決心】

以為已經打倒璝的蚩尤，和嬴琦璇朝著風后所指引的方向繼續前行，而被上方的血紅紙鶴跟蹤著這件事，他們是全然不知。

這時他們看見不遠有一處像是被人刻意填補起來的廣大地面，正在緩緩地鼓動著，感覺有什麼東西隨時會從裡面冒出。嬴琦璇和蚩尤滿懷好奇，接近了那一片詭異的土地，發現有一把看起來很古老的斷柄之劍插在地上。

「這地面下一定發生過什麼事情，」蚩尤神情凝重，「不然這劍為何傳達給我很大的怨念？」

「把劍拔出來會怎麼樣嗎？」

「難以預料。」

「或許可以找到我們要的靈石？」

嬴琦璇沒等蚩尤回應，就上前將劍從土中拔了出來，只見一道紅色的光芒從地底衝出，直入天際，消失無蹤。接著地面橫向裂開了一條大壕溝，裡面緩緩地走出成千上萬的骷髏穿著皮甲、手持刀劍——看起來他們都是士兵階級。

就在嬴琦璇他們驚疑未定之際，一名全身被射滿了箭矢的年輕將領，騎著一匹同樣也被射滿箭矢的駿馬，神情悔恨地來到了他們面前。

「你是誰？」蚩尤擋在嬴琦璇面前護著她。

「我是四十萬趙軍總帥……趙括。」

「趙括？你就是長平一戰中，害趙國軍隊被白起全數殲滅的那個趙括嗎？」嬴琦璇問道。

「這是奇恥大辱……」趙括的視線掃過嬴琦璇全身，突然凶狠了起來，「妳、妳這女人，妳是嬴家的人！」

「我是姓嬴沒錯，但……什麼嬴家的人？」嬴琦璇一臉疑惑看著蚩尤。

「少裝傻了！妳左手食指上的黑色月牙戒指就是最好的證明！」

「這個？」嬴琦璇看著食指上的戒指，卻找不出頭緒來，「這是我家傳的戒指，我也不清楚來歷是什麼。」

「廢話少說！我看過戒指，那就是嬴家的證明，是擺在眼前的事實！現在我要為了當初的屈辱報仇！」趙括說罷，指揮身後的骷髏大軍衝了上來。

「真是個沒頭沒腦的傢伙。」蚩尤搶先一步，一個跳躍就把趙括從馬上給撞了下來，然後身手矯捷地駕著馬，將嬴琦璇攔腰抱起坐在自己前面，快速地向前逃去。

「可惡！追！快給我追！」趙括一邊嘶吼著一邊騎上了一匹骷髏馬，怒氣沖沖地帶著大軍追殺著嬴琦璇他們。

冷不防被蚩尤抱上馬的嬴琦璇，先是往後看了看那揚起滿天塵煙的大軍，接著用了不明白的語氣說道：「蚩尤。」

「什麼事？」

「你為什麼不用歧燚跟他們交戰？」

「琦璇，妳沒看到那遍野的大軍嗎？而且我跟他們交戰，很可能無法顧及到妳。再說，他們被埋於地下的怨恨非常的深邃。」蚩尤絲毫不敢大意，凝望著前方的路況，「這種敵人是最難以交戰的。」

嬴琦璇默然無言，在瞬間卻也想通了一切——原來趙括恨不得碎屍萬段的「嬴」，正是秦王嬴政；而秦朝的代表色是黑色，也正說明為何趙括會咬定說那黑色月牙戒指是嬴家的證明了。只是嬴琦璇怎麼也不相信，她家這麼巧就是嬴政之後？

漫無目的逃了不久，他們逃到了一座吊橋前方，蚩尤隨即勒馬停下。因為吊橋看起來年久失修，腐朽的橋面上布滿了枯藤，吊橋下方則是一片濃霧，卻讓人直覺隱藏在濃霧之下的是無盡的深淵。眼見這種情形，蚩尤和嬴琦璇心裡都明白，就算吊橋的寬度可以容納馬的通過，但是絕對支撐不了馬的重量，更別提馬上面還載了兩個人。

「怎麼辦？」嬴琦璇被逼急得不知該如何是好，「前有險阻，後有追兵……」

「琦璇，妳先過去。」蚩尤跳下馬，把嬴琦璇從馬上抱了下來，拿出了歧燚，「我會一邊抵擋，一邊等妳過了吊橋，再跟他們做個了斷。」

「嗯，你要小心。」嬴琦璇小心翼翼踏上吊橋，接著扶著吊橋的繩索，慢慢地走著。

嬴琦璇沒走幾步，窮追不捨的趙括就已經率領大軍來到了蚩尤面前。趙括自覺嬴琦璇有如甕中待捉的鱉，於是就對蚩尤喊道：「讓開，交出那嬴家的女人來，我可以饒你一命，否則我要你跟她一起葬入橋下的深淵之中。」

「你以為你和身後那一大群的骨頭，過得了我這一關嗎？」蚩尤將手中的歧焱直指趙括，對他笑著。

「你這是在挑釁我嗎？」趙括一揮手，十名骷髏士兵就持刀衝上前去。

「不自量力。」

只見蚩尤也衝上前，用歧焱揮了一刀，十名骷髏士兵就從腰際瞬間被一道紫紅色的光芒斬成兩半，支離破碎在地上，動也不動了。

「那這樣呢？」趙括又做了個手勢，這次是五十名骷髏士兵。

「人多就能打敗我嗎？」

蚩尤說完，五十名骷髏士兵將他團在核心，蚩尤才剛砍碎一批，另外一批緊接殺來，讓蚩尤毫無喘息的餘地。

「膚淺。」趙括冷笑，趁隙驟馬繞開了蚩尤，來到吊橋前。

蚩尤正跟骷髏大軍殺得難分難解，看到趙括出現在吊橋前，自覺不妙，一邊返身想要殺出重圍，一邊朝趙括大聲問道：「鬼將，你想做什麼？」

「當然是殺了這女人。」趙括凶狠地回答，伸手拈弓搭箭，一箭直朝嬴琦璇後方射去。

「琦璇，小心後面！」

「啊？」嬴琦璇聽到蚩尤的呼喊聲，回頭一看，只見一支冷箭朝她射來，害怕地向前逃，腳步一個用力，踏破了橋，隨即跌下深淵。

「琦璇——！」蚩尤瞪大雙眼，心如燎原。

「唔……」嬴琦璇感到一陣昏沉，緩緩睜開了眼，起了上半身坐著，看了看四周，發現她身處在一個洞穴裡，而洞前是一條河流，「我不是……對了……我不是跌下吊橋了嗎？」

「妳醒了？」

一個陌生且泠泠的聲音從洞口傳來，嬴琦璇很自然地往聲音來源的方向看去，只見一個全身淺藍色的人，像虛無縹緲的幽靈一樣，上半身出現在岸邊的水面。

「你是誰？這裡又是哪裡呢？」

「這裡是極淵，我是管轄此處的水神冰夷。」

「那麼，是你救了我？」

冰夷先是搖搖頭，接著水面突然波光瀲灩，一條銀白色的龍，衝出水面，環繞在冰夷的身邊。冰夷一邊撫著白龍，一邊說道：「白龍告訴我的情況是，牠在水中看見妳從上方墜下來，而妳似乎已經昏了過去，在妳離水面還有一段距離時，牠浮出水面輕銜住妳，然後將妳放置到這個山洞裡。所以說，是牠救了妳。」

「謝謝你，白龍。」嬴琦璇起身走到岸邊。

「你不是這個地方的人吧？妳身穿的服裝，我從沒看過。」冰夷稍微停頓，目光落在嬴琦璇的包包上，「我比較在意的是，從那其中所散發出來的靈氣。」

「你是說……我的包包？」嬴琦璇退後了幾步，雖然她對於冰夷有著感激，但面對冰夷提出的問題，她不得不作出戒備。

「那是什麼未知的力量？把它交給我。」

「不，我怎麼樣都不會交給你的。」

「那我只好——皎！」冰夷說完，白龍便飛了過去，企圖咬走嬴琦璇身上的包包。

「走開！別過來！」嬴琦璇閃過了白龍，撿起地上一顆不小的石頭朝著白龍扔了過去，不過白龍很顯然不為所動。

隨著白龍慢慢的逼近，嬴琦璇更是加快腳步退後，淚水充滿了眼眶，恐懼蔓延了全身的每一個細胞。

嬴琦璇一邊提醒自己必須鎮靜，一邊發覺到她已經退到不能再退了，因為背後是岩壁，是這個山洞的盡頭。白龍用尾巴掃倒了嬴琦璇，齜牙看著她。

「除非你殺了我，不然你別想拿走這東西！」

嬴琦璇怒視著白龍，白龍回頭看著冰夷，沒有再靠近。

「嘴硬的女人。很簡單，我現在就可以殺了妳。」冰夷失去耐心，雙手各揚起了一道水波，化成錐形的狀態，準備朝嬴琦璇刺去。

這時，冰夷所驅使的另一條白龍，從龍頭被斬到龍尾，在洞外上方的空中掉了下來，直線墜入水中，掀起不小的波浪。而在冰夷錯愕的同時，更出現一道紫紅色的波動，以迅雷不及掩耳的速度，把洞中的白龍從中間給斬成了半截，連一聲哀鳴都沒來得及發出，就死在嬴琦璇面前。

看著自己手下的兩條白龍被突然殺死，冰夷回頭發現有一個全身都溼透的男人，手裡握著一把殷紅色的鋼刀，站在水中那隻剛才被解決掉的白龍頸上，於是略感驚懼地問道：「你到底是什麼人？」

嬴琦璇站起身，繞開死亡的白龍，走到了離洞口不遠的地方，她也看到了那男人，卻忍不住摀著嘴，湧上一陣鼻酸，眼裡的淚水終於找到機會流了滿臉，顫抖地說：「蚩尤……」

沒等冰夷反應過來，嬴琦璇奔上前去，把臉埋在蚩尤胸前啜泣：「你……可終於來了……」

「那當然。」蚩尤一手緊擁著嬴琦璇，堅定地回答，「妳就算是到了地獄，我也會跟著去。」

「別阻擾我——！」冰夷將兩波錐形再化作利劍，雙手握緊後就往嬴琦璇背後斬了過去。

「真是一個悲哀無知的小角色。」

蚩尤單手舉起歧焱，上前把冰夷的攻擊給擋住，冰夷的水劍，哪裡奈得住歧焱的高溫，不到幾秒就蒸發掉了。

冰夷一見苗頭不對，只好在身邊捲起了幾個水流，沖上天空，想要混淆蚩尤的視線，藉機逃走。

蚩尤早就看穿冰夷的企圖，一個箭步，歧焱刺穿了冰夷的後心，冰夷瞪大了雙眼，慢慢地消失在蚩尤和嬴琦璇的眼裡，最後只剩下歧焱刀身上的陣陣蒸氣，而兩條白龍的死屍，也隨著冰夷的死亡，溶成了淺綠色的水。

「你怎麼來的？」嬴琦璇擦乾淚痕，眨了眨眼。

「跳下來啊。不然我還能怎麼下來？」蚩尤感到好笑，「妳問的這是什麼問題？」

「那……趙括呢？還有他的大軍，怎麼樣了？」

「原本我是想馬上跳下來找妳的，但是我被他們纏住，好不容易殺開重圍甩開他們跳下來，卻已經耽擱不少時間，幸好妳沒事。」

「不過我們現在該怎麼上去？」嬴琦璇抬頭望著上方的濃霧，「不是攀爬這垂直的岩壁吧？」

「我們先沿著河流的流向走。」蚩尤把歧焱收回，蹲下捧了一把水洗了臉，接著抹去臉上的水珠，「這河流總該有盡頭吧？」

「也只有這樣了。」

於是嬴琦璇和蚩尤沿著河流往東方走去，可是才走沒多久，他們就發現，雖然河流兩岸的路很寬，但卻極其難走，到處都是亂石林立，有些巨石甚至擋住了去路，好在河流的水淺又不是很湍急，遇到這種情形，蚩尤就抱起嬴琦璇涉水從旁繞過，倒也不是什麼難事。

就這樣繼續往前走了三四十分鐘，他們看到河流集成一個很大很大的湖泊，簡直看不到邊際，蚩尤和嬴琦璇幾乎要以為這是海了。走到湖邊，只見湖面靜如止水，清澈得像一面鏡子，嬴琦璇彎下身子，試探性地把手伸進水裡，接著收回了手，高興地說：「蚩尤，我的手沒有溼，這湖泊應該是虛空之池。」

「那我們走吧。」蚩尤踏進池中。

「嗯。」嬴琦璇緊隨在後，拉著蚩尤的衣角沒入了虛空之池。

依舊是一股清流涼爽地流過全身，再一眨眼，嬴琦璇他們就來到一個陌生的地方，清風徐徐吹來，環境十分清幽。兩人向前走了一段路，只見不遠處一棵高聳無比的松樹下，站了兩名衣冠楚楚，顯得彬彬有禮，且腰際皆佩戴長劍的男子，正在唉聲嘆氣。蚩尤見狀，示意嬴琦璇一起過去探個究竟。

「兩位，是外地來的過客吧？」頭頂綰著紅色絲帶的男子，向走來的蚩尤和嬴琦璇作了個揖，率先發問。

「既是他鄉之客，與我們萍水相逢，那麼請容在下介紹。」另一名頭頂綰著藍色絲帶的男子，接過了話，「他叫袁彧，我是李華。」

「我叫嬴琦璇，他叫劉羽信，兩位公子好。」嬴琦璇上前回答，「請問這是什麼地方？而你們又在憂慮何事？」

「兩位有所不知，這裡是君子國。本國的良田中央，最近出現了一隻叫做畢方的怪鳥，把周圍燒得寸草不生，化為一片焦土，甚至連雨都不下了。」袁彧說到這裡，搖了搖頭。

「雖然我們身為國君的親信，但終究只是凡人之力。全國上下都對畢方無可奈何，只能看著牠在烈火肆虐的土地上耀武揚威。」李華蹙眉，「我們不能替國君分憂，也不能為民除害，只能在此嘆息。」

「我多少有點本事，」一聽有怪物，蚩尤馬上毛遂自薦，「我應該可以幫你們除掉那叫做畢方的怪物。」

「真的嗎？那真是太好了，就請劉大哥跟在下走一趟吧。」袁彧喜出望外，禮節也不顧的拉了蚩尤就走。

「請勿見怪，袁大哥他一高興就會這樣。」李華不好意思地對嬴琦璇笑了笑，「嬴姑娘，請。」

「沒關係，我們也快跟上他們吧。」嬴琦璇也回了一個笑容。

四人邊走邊聊，不一會就來到了一個地方，感受得到這裡溫度實在是熱得不尋常，草木盡皆呈現枯黃之色，土地是一大片龜裂，微微吹來的風，讓人沒有絲毫涼意，只覺得越來越熱。接著他們看到了一隻怪鳥，體型略比一般人大，形狀像鶴，卻只有一隻腳，白色的喙子，青色的身體布滿紅斑紋，正在一片乾燥的大地上朝四周吐著火焰。

「牠就是畢方吧。」蚩尤把襯衫上的五顆釦子都解開了，汗還是一樣如雨下，「真是讓人受不了的熱。」

「是啊，牠就是讓我們頭痛的怪物。」李華在一旁證實，「牠破壞的範圍又比先前大了不少，如果再放任牠這樣下去，會民不聊生的。」

「我明白了。」

蚩尤拿著歧焱，一步步朝畢方走去，不想打草驚蛇，打算離牠近一點之後，再快步發動攻勢。然而，畢方馬上振翅飛起，從嘴裡噴發出更強大的烈焰掃地直對蚩尤而來。蚩尤見狀，急忙握緊歧焱，將火焰從中斬滅，才不至於受到傷害。

蚩尤一邊閃避畢方的火焰，一邊快步前進，伺機找出畢方的空隙再反擊，但是畢方飛得老高，蚩尤只好每次反擊時都揮出波動，卻又被畢方的火焰給抵銷，讓蚩尤心裡也跟著發了一把無名火，氣急敗壞地說著：「可惡！這怪鳥的力量太不尋常了！」

「也許、也許只要有水，就可以削減牠的力量了吧？」看著戰況持續膠著，袁彧在一旁著急地自言自語。

「水？」嬴琦璇此時覺得自己像是個夢中人，被袁彧無意的一語給驚醒，「羽信！能不能試試看蒼穹之玉？」

「蒼穹之玉，這倒是可以試試看。」蚩尤幾個旋身，從嬴琦璇的手裡拿走了剛從包包裡拿出來的蒼穹之玉，朝著天空大喊，「快來吧！風雨！」

頓時，蚩尤的手裡發出微弱的深藍色光芒，上方的天空則是風起雲湧，不久就下起了傾盆大雨，只見畢方在雨中自呼其名，像是失去自我意識，狂暴的亂飛，突然朝蚩尤撞去，蚩尤因為在雨中視線模糊不清，一個沒注意就被畢方給撞得踉蹌。

「現在該是跟這傢伙做個結束的時候了。」蚩尤踏著泥水，很快地追上了飛不高的畢方，大喝一聲，把畢方從右上直到左下給斬開，而畢方在淒厲的一聲鳴叫之後漸漸消失，只留下一塊碧綠色的石頭在蚩尤腳邊。蚩尤先是用蒼穹之玉停了風雨，接著彎下腰撿起了它——是十四靈石，也明白畢方會如此難對付不是沒有道理。

「感謝劉大哥幫我們消滅了怪物。」李華一邊擰著溼透的衣袖，一邊小心避開積水過多的水坑，走到蚩尤身邊，「請一定要隨我們去見國君，讓你的英勇讓大家知道。」

「那在下先行一步回去稟報。」袁彧更是喜上眉梢，終於可以卸下重擔的他，腳步十分輕快地往都城的方向跑去。

「我說李大哥，袁大哥的這種行為，是讓我們非去不可了。」嬴琦璇把蒼穹之玉以及第五顆靈石收進包包後，挽著蚩尤，「羽信，我們走吧。」

「這，真是不好意思，袁大哥他……」李華看到嬴琦璇的笑容，就知道不用多說了，「請，我來帶路。」

在李華的帶領之下，嬴琦璇和蚩尤來到了君子國的都城西門外，只見一隊儀仗已在那等候著，領頭的是已經換上乾淨服裝的袁彧，而他的身旁是一名面容俊秀的男子，頭頂綰著紫色絲帶，一身紫色的服裝顯得雍容華貴，眉目之間更有一股氣宇軒昂的風度。

「兩位想必就是嬴姑娘和劉公子了吧？」男子在袁彧的陪伴下，走向前頷首致意，「寡人是統治君子國的君王，姓趙名綺。來龍去脈寡人已經聽袁愛卿訴說了，特別是劉公子，英雄出少年，為君子國除去了一大禍害，寡人一定要好好為兩位洗塵接風。來，請入城，到王宮去，寡人在那裡已準備了筵席。」

「那我們就不客氣了。」蚩尤護著嬴琦璇，跟在趙綺身後進了都城。

進了城內，街上熙熙攘攘，盡是趕來看熱鬧的民眾。而此處也不愧為君子之國，雖然說歡呼聲不絕於耳，但是人群都很自持，不用衛兵的阻擋，就井然有序的排在道路兩旁，想要一睹到底是誰除去了畢方。

「呵，我可成了英雄呢。」蚩尤眼見此情此景，忍不住意氣風發。

「你少在那邊趾高氣揚了，」嬴琦璇白了他一眼，「上次不知道是誰，被類似的熱鬧迷惑，傻傻喝下了滅靈酒都不知道。」

「琦璇，別緊張，我只是在說笑，我不會再犯下同樣的錯。」

「你能明白就好。」

「妳就放心吧。」

城內一片張燈結綵，一行人經過人潮絡繹不絕的街道，再走進王宮。由於嬴琦璇和蚩尤身上穿的衣服都已經溼掉，所以兩人各自在宮女的幫忙之下換了一套乾淨的服裝，再由袁彧帶領穿越無數衛兵把守的迴廊，才走到了酒宴所在的正殿。眾人分賓主之禮坐定，面對眼前桌上的美酒佳餚，蚩尤按捺不住已經餓得嘰哩咕嚕叫的五臟廟，在趙綺敬酒之後，馬上大快朵頤了起來。趙綺為了讓大家盡興，也著實免去了不少繁文縟節，讓大家愛怎麼吃就怎麼吃，還特地接過樂工的琴，熟練地彈出音樂，而樂聲有如行雲流水般傳來，讓眾人不時擊掌叫好，整個宴會上觥籌交錯，充滿極為融洽的氣氛。

宴會進行一段時間之後，嬴琦璇捱在蚩尤身旁，說道：「我想睡了，我好累。」

「這鱸魚肉很美味，妳吃了嗎？」蚩尤挾起一塊魚肉送進嘴裡。

「我沒胃口，走嘛，我想睡。」

「嗯，走吧。」

於是蚩尤又喝了一口酒，起身牽著嬴琦璇離席，走去李華的身邊，向他表示嬴琦璇想休息，李華聽完，就吩咐身邊一名宮女帶他們去客房歇息。三人出了正殿，又是走過一段迴廊，才來到專屬賓客休息的偏殿。進了偏殿一間寢室，宮女點好燈燭之後就帶上房門退了出去，嬴琦璇兩三下脫了鞋子，撲到床上去。

「喔，我朝思暮想的床呀。」嬴琦璇一下子就鑽進了絲綢製的溫暖被窩裡，滿足地微笑著。

「妳就好好休息吧，明天一早就出發，我們必須趕快找到回去震天崖的路。」蚩尤走到圓桌旁的椅子坐下，拿起精緻的玉壺，一邊講一邊斟滿了水，卻沒聽見嬴琦璇的回應，「嗯？琦璇，妳有沒有在聽我講……」

原來嬴琦璇一沾枕就沉沉睡去，所以蚩尤剛剛所講的，她是一個字也沒聽進去。看著嬴琦璇睡著的模樣，蚩尤不禁笑了笑。蚩尤喝完水，正準備趴在桌上睡的時候，突然瞥見窗外的樹上有一個黑影，似乎在窺伺著房內，蚩尤神色慎重地衝到窗邊，推開窗戶一看，只見樹梢上空蕩蕩的，什麼東西都沒有，有的只是高掛夜空中的一輪明月，和一陣陣涼爽的風。蚩尤搖了搖頭，認為是自己喝多了，才會把被風吹動的樹影誤認成了什麼東西，想到這裡，蚩尤也不打算追究下去，把窗戶關上之後，就回到位子上趴了下去，很快地進入了夢鄉。

一陣陽光從窗外照入寢室，落在嬴琦璇的臉上。嬴琦璇睜開雙眼，她意識到時候已經不算早了，所以她撐起身子，靠在床頭伸了一個懶腰，發現蚩尤趴在桌上睡著，她揉了揉眼睛，心想蚩尤挺體貼的，她下了床，走到蚩尤身邊輕輕搖著他。

「蚩尤、蚩尤。」

「嗯……」蚩尤抬起頭，伸直了腰打了個呵欠，「早啊，琦璇。」

「我們得準備離開這裡了，最好是能夠找到回震天崖的路，我記得明天就是跟雪猿約定見面的日子了不是嗎？對了，等下我們要先去把原來的衣服拿回來，」嬴琦璇拉了拉衣袖，「這種輕飄飄的衣服真不適合我。」

「昨夜睡覺之前，妳有聽到我說的話喔？」

「你說了什麼？」

「看起來是沒有。」

「算了啦，我們走吧。」嬴琦璇拿起包包，看了一下裡面的東西，檢視完之後，拉著蚩尤就走。

兩人才剛踏過門檻，往左手邊一看，就見到李華朝他們走來，身後還跟了兩名宮女，手裡捧著的是嬴琦璇和蚩尤昨天弄濕而換下的服裝。

「兩位，昨晚睡得還安穩吧？」李華作了個揖，「我是來請你們去用膳的，另外還帶來你們原來的服裝，已經清洗乾淨，也用最快的速度將它們烘乾了。」

「謝謝，那我們先換上。」嬴琦璇從宮女手中接過服裝，和蚩尤一起回到寢室內。

嬴琦璇拿著服裝，正準備寬衣解帶的時候，卻發現蚩尤正在看她。

「你……看什麼？」

「看妳換衣服。」

「你轉過去啦，沒禮貌的傢伙。」嬴琦璇頓時羞紅了臉。

「我如果說不要呢？」

「那……你先拿起你的服裝吧。」

「嗯？」蚩尤一臉納悶，把擱在桌上的服裝拿了起來。

「你以為我治不了你？呆子，換好再出來吧。」嬴琦璇忍不住得意起來，很快地展開了拿出來的封魂錄，小聲地說著，「封印蚩尤——」

蚩尤一看到嬴琦璇的動作，臉色驟變，只得愣愣地被嬴琦璇給收進封魂錄裡。嬴琦璇像做了好事一樣，心情十分愉快，動作自然也輕快許多，不一會就換上了原來的黑色服裝。

「我好了啦……快放我出來吧，李華還在外面等著。」封魂錄裡傳來蚩尤不甘願的聲音。

聽到蚩尤說著裝完畢，嬴琦璇就解開了紅線，把他給釋放出來，和他一起出了寢室，跟著李華前去用膳。走了約兩分鐘，一行人進了一間比正殿規模還小一點的宮殿，只見殿內已準備好了三個人的位置，桌上各擺放著粥餳，香味四溢，讓人想一嚐為快。

「李大哥，請問這附近有特定的虛空之池可以到達震天崖嗎？」嬴琦璇粥才吃到一半，就開始詢問起來。

「震天崖？」李華放下湯匙，偏頭思索了一陣子，「我不是很清楚這個地方要怎麼到達，不過在都城的北方，有一座東口之山，山頂是十分寬廣的平地，而那裡倒是有一個虛空之池，或許你們可以去碰碰運氣。」

「北方嗎？事不宜遲，我們馬上出發吧。」蚩尤早就把粥吃了一乾二淨，「李大哥，謝謝貴國盛情的招待。」

「無須客氣，劉大哥為我們解決憂患，這些招待是理所當然的回報。」李華起了身，「來，我帶你們去東口之山吧。」

「那就麻煩李大哥了。」

李華帶著嬴琦璇跟蚩尤先到正殿向趙綺告別，然後帶他們離開王宮，走出北門朝北走了一段路，就來到東口之山的入口。

「我想，我們得在這裡分開了。」李華微微一笑。

「李大哥，真的很謝謝你。」蚩尤也微笑著，「替我們向袁大哥問好。」

「我會的。」

「請多保重。」

「你們也是，後會有期了。」

李華先是點了點頭，嬴琦璇和蚩尤也回了禮，才轉身順著那有些坡度的山路往山頂走去。

一路走來，嬴琦璇發現，東口之山與其說是山，不如是有一點高度的巨大土丘罷了。這裡到處都是朽株枯木，枝幹上生長著大量的蕈類，而放眼望去沒有一棵聳立的樹木，給人一種奇特的感覺。

兩人走了大約五分鐘的路程，就到達了頂端，也看見虛空之池，正準備進入池中的時候，卻聽見山下傳來笑聲，於是兩人繞開虛空之池，走到山邊向下一探究竟——有四個人，一邊兩個人分站左右，看起來正在對峙，然而讓嬴琦璇和蚩尤驚訝的是，站在左方的兩人，竟然是孟涂和璜。

「你也太輕蔑了吧，項羿。」孟涂一臉不悅，「難道你不會想知道昀玥之陣的位置嗎？」

「昀玥之陣，我當然想知道啊。」項羿看了看身旁披著淡灰色披風的男子，「不過巫相會幫我把昀玥之陣給找出來，我們也會進行破壞。所以我沒必要答應你這場交易，更不想浪費時間去解決你的敵人。」

「到底要怎樣你才會幫我們？」雖然孟涂事先提醒過不要開口，但璜逐漸失去耐性。

「如果我們不幫，你們又能拿我們怎樣？」巫相揚起得意的笑。

「那就別怪我不客氣了。」璜想要分出十五個身體，以用來包圍住項羿跟巫相，但腳踝突然被尖銳的東西給刺了一下，一陣火熱且麻痺的感覺蔓延了全身，璜忍不住跪在地上用雙手支撐著，卻驚見一大群顏色鮮豔的蛇，反倒將自己跟孟涂給圍住了，「這、這是……」

「你恐懼嗎？牠們是我的朋友，可以在下一秒讓你沒了性命。」巫相答道。

「呃……可惡……的傢伙……」璜的臉上不斷冒出冷汗。

「巫相，你少瞧不起人了！」孟涂從左袖中取出了一個綠色的小型草人，嘴裡唸著咒語，草人就自燃起來，短短的五秒過後，孟涂將快燒盡的草人給扔向空中。

「草人？我倒要看看你能玩什麼把戲。」項羿毫不在意孟涂詭譎的舉止。

「別過於大意，」相較項羿的傲慢，巫相謹慎以對，「孟涂可是這個世界裡也雄踞一方的巫教主。」

巫相語音剛落，視線所及的範圍——甚至更廣，突然出現了約莫數百的骷髏軍隊，不出在山頂偷偷觀望的嬴琦璇和蚩尤的意料，這支骷髏軍隊正是趙括所帶領的。

「召我之人，我將率軍效忠——」趙括一邊環顧著周遭地上，一邊很快地作了決斷，「全軍聽令，就地殲滅蛇群！」

雖然說趙括的聲音不可能大到讓所有的骷髏聽見，但他是用意志在操縱骷髏的，所以骷髏大軍很快地見蛇就殺，蛇群當然也對骷髏大軍做了反擊，但劇毒對沒有神經的骷髏毫無效果，不一會遍地盡是首身分離的蛇屍，空氣中也理所當然地瀰漫著一種令人反胃的血腥味。

「呵呵……你的朋友無一倖免，看來這次你是踢到鐵板了。」項羿偏頭對巫相笑著。

「你再不快點解決孟涂，下一刻被殺的就會是我們了。」

「你怎麼不用先前得到的強大力量呢？」

「還沒有必要。」

「那就以秋風掃落葉的速度結束掉這一切，你覺得怎麼樣？」

「隨你高興吧。」

項羿從口袋中拿出一塊虎形模樣的雪白色石頭，也像孟涂扔草人一樣，把石頭給扔到了空中，在那一瞬間幻化成一隻極為巨大的白色老虎，散發著一股寒氣，孟涂見狀也不自主地倒退了幾步，璜更是目瞪口呆地看著白虎。

趙括二話不說，自己也舉起劍，隨著骷髏軍隊衝上前去。然而雙方力量實在太過懸殊，在短短的時間內，白虎就以壓倒性的威猛粉碎了趙括和他的軍隊，只剩孟涂和璜愣在原處，彷彿不敢相信這就是四神之一的力量。

「有什麼想說的就說吧，不然沒機會了。」項羿準備給予最後一擊。

「璜，我們輸了。」孟涂深深地呼出一口氣，像是接受了戰敗的事實，「原來我這個巫教主，也不過如此。」

「看起來是這樣沒錯。」璜勉強站了起來苦笑著。

項羿並沒有再說什麼，白虎已如凜冽的冬風般，迅速地用爪劃開了孟涂和璜的咽喉，火紅的鮮血噴灑一地，沒多久就滲入地下，孟涂和璜的身軀也像沙土被風吹散得消失無蹤，而在孟涂倒下的地方，卻留著一張符紙。項羿先是將白虎收回，接著走了過去，將符紙拿起來，眼前便出現一個空間，顯示著嬴琦璇和蚩尤所在的地方。

「這看起來……好像是孟涂監視他人所用的東西。」

「怎麼？你發現了什麼事情？」巫相好奇地問。

「我們上山頂去吧。」項羿轉身抬頭看著山頂，露出笑容，他已經從血紅紙鶴的眼裡，感覺到嬴琦璇的包包有靈石，「那裡有我要的東西。」

「快走，我們得離開這個地方。」蚩尤發現項羿正往山頂望著，於是他拉著嬴琦璇馬上掉頭就走。

「怎麼了？」嬴琦璇也感到不對勁。

「我們的行蹤好像被那個叫做項羿的男人給發現了。」

「被發現了？怎麼會這樣？」

「我也不知道為什麼，總之我們先進入虛空之池逃走吧，剛剛妳也看到，項羿所擁有的力量，已經不是我用歧猋就可以對抗的。」

這時，有一個人影從空中降落，攔住了他們的去路。

「女娃——！」嬴琦璇和蚩尤異口同聲，難掩欣喜的心情。

「你們可不可以不要這麼有默契？唉，算了。」女娃握著的厹矛上，刺著血符紙鶴，而被貫穿的血符紙鶴還在微微地顫抖著，「話說回來，我想這個東西，應該就是讓你們被發現的原因。」

「表面上是幫我們指引方向，但實際上卻是孟涂用來監視我們的東西？」嬴琦璇很快就推論出作用，「不過，女娃妳又是怎麼知道我們在這裡？」

「我、這個……」女娃頓了一下，「嗯……我一直都躲在雲層之中跟著你們。」

「跟著我們？」蚩尤想起昨晚的黑影，「這樣說來，昨晚我在睡覺的地方看到的不是錯覺了？女娃，那是妳吧？」

「是啊，那的確是我，因為我怕被蚩尤大哥你罵……所以才躲了起來不見面。」

「為什麼要躲？」嬴琦璇皺了眉頭，「蚩尤他很擔心妳。」

「跟著你們的這段日子以來，我漸漸地明白愛一個人不一定要佔有，真正愛一個人是即使對方看不到，也不會改變自己的心意。」女娃眼神突然變得警戒，轉過了身，「就算要我犧牲自己的生命也在所不惜。」

「好一場感人的告白。」項羿微笑著走了過來，巫相跟在身後，「說完了嗎？」

「雖然我們耽擱了一點時間，但我沒想到你們會來得如此快。」蚩尤拿出歧焱，上前擋在女娃的面前，「女娃，妳快帶著琦璇先走吧，我隨後就去找你們。」

「你確定要這樣嗎？這東口之山的虛空之池是不定向的，如果沒有和對方牽著一起進入，可是會分道揚鑣的。」項羿聳肩。

「那我就先解決掉你們再離開吧！」蚩尤決定先下手為強，因為他很清楚要是等到項羿拿出召喚石，就萬念俱灰了。

但是蚩尤卻感覺到有一股無法抗拒的引力，正迫使他往嬴琦璇的方向過去，他訝異得回頭看，看見嬴琦璇已經展開了封魂錄對著他。

「琦璇！妳在做什麼！」

「我不能讓你白白送死。」嬴琦璇臉頰滑過冷汗，「我要保護你——封印蚩尤。」

「妳要怎麼保護我……」蚩尤無能為力地被收回封魂錄中，空氣中沒了他的聲音。

項羿一臉疑惑，說道：「剛剛，我沒聽錯吧？蚩尤說妳叫琦璇？我記得嬴淵他家有個女兒也叫琦璇，該不會就是妳吧？」

「嬴淵正是我老爸。而你沒見過我，還真是可憐。」嬴琦璇冷靜以對，她看得到虛空之池就在前方不遠處，打算找機會跑到池中，「我要去哪裡是我的自由，你別想阻攔我。」

「大小姐，妳的硬脾氣跟嬴淵如出一轍。」項羿有種他鄉遇故知的感覺，「妳把東西交給我就沒事了，我還可以送妳回去現實世界。」

「你要我交出來的東西，我知道是靈石，那是我所愛的人他所需要的東西，你想都別想。」

「妳該清醒點，你們可是殊途，但是絕對不會同歸。」

「那又如何？」

「琦璇姐姐，妳快走！」女娃出其不意朝項羿刺了過去，「看招！」

項羿機警地閃到一邊，卻也看見嬴琦璇趁著空檔往虛空之池跑了過去，於是急忙地喊道：「巫相，快逮住她！」

巫相衝了過去尾追嬴琦璇，女娃見勢不妙，對項羿虛晃一招之後，立刻轉身將厹矛朝著巫相奮力投擲過去，在場沒有人料到女娃會如此行動，巫相也因此被厹矛刺穿了右大腿，巫相慘叫一聲之後像滑壘般向前跌在地上，不停地咒罵著。

「該死的女人！我的腳——！」巫相咬著牙，把尣矛用力拔出來扔在一邊。

「女娃，快過來！」嬴琦璇已經到了虛空之池旁，朝女娃招手，「快飛過來！我等妳。」

女娃展翅飛起，先是撿回了尣矛，隨即往嬴琦璇的方向迅速飛了過去，此時，一條手臂粗的緋蛇從女娃身後的地底破土衝出，緊咬住女娃的左小腿。

「唔……」女娃尣矛一揮，將緋蛇截成兩半，可是卻感到全身麻痺，半跪在地。

「女娃！」嬴琦璇往女娃的方向跑了過去，她告訴自己無論如何，都不能丟下女娃不管。

「琦璇姐姐，別過來！」女娃用堅韌的意志力站了起來，面對嬴琦璇，「妳快走。」

「我不能丟下妳一個人先走！」

「別管我了，」女娃雙手握緊尣矛，「不要讓我拼死爭取的機會白白犧牲掉了。」

「我不走！我們……要一起……離開。」

嬴琦璇嚶嚶哭著，上次是梟尤，這次她不要再讓誰犧牲了。

「為了蚩尤大哥，」女娃也忍不住紅了眼眶，「快走，好嗎。」

項羿跑了過來，從後抓住女娃的雙翼，冷冷地說道：「妳還想逃嗎？炎帝之女。」

驚覺危險已迫在眉睫，嬴琦璇終於狠下心來，轉身跳進了虛空之池，晶瑩的淚灑在身後。

看著嬴琦璇的背影進入池中，女娃像是了無罣礙，緊握尣矛的雙手一鬆，在尣矛落地後莞爾：「謝謝妳……」

【第柒章・衝突】

踏出虛空之池，嬴琦璇一邊流淚，一邊解開綁著封魂錄的紅線，等到蚩尤出現在身旁時，嬴琦璇馬上緊抱著他。

「蚩尤……為什麼……又有人因為我們而犧牲掉了……」

蚩尤紅著雙眼，他只是靜靜地擁著嬴琦璇，並沒有回答一句話。其實，蚩尤的心比誰都來得更加悲痛，這次犧牲的，是炎帝的小女兒。

「我現在所該做的事情，就是想辦法蒐集完十四靈石，然後先殺了項羿那個傢伙，再去解決黃帝。」等到嬴琦璇不再哭泣，蚩尤才繼續說話，「我們也沒有多餘的時間感傷，走吧，我們必須趕快到達震天崖才行。」

「嗯。」嬴琦璇和蚩尤向前走去。

「看起來……我們好像又遇到麻煩了。」蚩尤停下腳步，看著遠方，深吸一口氣。

「這……」

只見前方大片的土地上，滿地都是一種怪獸——形狀像刺猬，紅得有如一團烈火，緩緩地隨著一個滿身黑色戎裝的男子，朝著蚩尤他們走來。

「明豔能傾城的我主嬴蕒啊，誰讓妳哭泣了？」男子在不遠處停下了腳步，「末將魏莛願為妳效勞。」

「呃，我不是什麼嬴蕒啦……沒有，什麼事情都沒發生。」嬴琦璇愣了一下，「謝謝你的好意。」

「一定是這個衣冠禽獸，對妳做出什麼不可挽回的事情了吧，」魏莛怒目看著蚩尤，「就讓末將好好教訓他。」

「喂，你可別衝動。」蚩尤看著遍地的火獸都蜷縮成一團，然後對著自己筆直地滾了過來。

就在蚩尤準備抽出歧燚動武的時候，嬴琦璇不知道哪來的勇氣，大聲地說：「住手，魏莛。」

「是。」魏莛錯愕，但也停下了火獸的行動，半跪在地聽命，表現出一個臣子對主上該有的禮節。

蚩尤說道：「你是誰的部屬？」

「我為秦國之將，統率禁衛軍。」魏莛正色答道。

「我不希望看到有誰受傷，但我也希望你能知道，我並不是你所謂的公主嬴蕒，懂嗎？」嬴琦璇擺手。

「妳說妳不是公主……這、這讓末將該如何向陛下交代啊……」魏莛一邊低頭，一邊喃喃自語，「不能盡責，陛下追究起來我可死無葬身之地了，倒不如自行了斷……」

「琦璇，依我看來，也許是秦國有個公主就叫做嬴蕒吧，又跟妳長得十分神似，而這個傢伙正好是護衛嬴蕒的武將，我猜他是把妳當作嬴蕒了。」蚩尤靠在嬴琦璇身邊細聲，「妳得先穩住他，不然他是真的會自裁的。」

「真是無巧不成書……」嬴琦璇也只能先相信這種荒謬的推測，「魏莛。」

「末將在。」魏莛抬起頭，如一個囚犯那樣正在聽從發落。

「剛剛是本公主一時疏忽，你大可不必自責，不用耿耿於懷，否則就是無視於本公主的命令。」

嬴琦璇裝模作樣，讓一旁的蚩尤看了只覺得想放聲大笑，但他還是忍了下來。

「是……是的，末將遵命。不過……公主妳的語氣，怎麼跟過去大大不同？而且，衣服也……」魏莛偏著頭，「怎麼變了？」

「這不是你該問的。還有，他是我新的隨從，叫做劉羽信。」嬴琦璇突然覺得演戲不是人人都可以演，否則演員的素質一定會低落到難以想像。

「末將了解。」

「魏莛，我有個問題。」蚩尤將歧焱收回。

「直說無妨。」魏莛吹了個口哨，遍地的火獸就逕自鑽入土中。

「你知道震天崖這個地方嗎？」

「別去得好，我前陣子路過，誰想到那裡有個猿怪，我差點被困住。」

「那，你知道怎麼過去嗎？」嬴琦璇追問。

「從這走去有個虛空之池，可以直達震天崖上方那一塊坡地。」魏莛伸出左手指向左邊，看著嬴琦璇，「不會吧……公主，妳要去？」

「是啊，非去不可。」嬴琦璇故意裝作毫不在乎。

「無論如何，」魏莛再次半跪，「請讓末將護衛妳去。」

「那我們走吧。」

魏莛二話不說，走在最前方帶路，帶著嬴琦璇和蚩尤往虛空之池的方向前去。

嬴琦璇三人來到虛空之池旁，身為領路人的魏莛很快就踏了進去，嬴琦璇見狀，也拉著蚩尤一起進入池中。嬴琦璇和蚩尤通過清流之後，就再次踏在震天崖的土地上，也見到似乎在此等候許久的雪猿。

「公主、劉羽信，兩位請退後，這裡交給末將。」魏莛馬上召出了火獸。

「你不要那麼衝動好嗎？羽信沒出手，你就可以不用備戰。」

「是……」魏莛碰一鼻子灰，把火獸收回。

「雪猿，你可有好消息？」蚩尤迫不及待地上前。

「當然，大王請過目。」雪猿碩大的掌心一攤開，就看到了那與牠顏色不相合的墨黑色石頭。

「太好了，真不愧是我手下第一的九黎寒妖。」蚩尤將石頭接過，轉交給嬴琦璇收好。

「等等，公主，妳們互相認識？」魏莛忍不住開口。

「雪猿是羽信的部屬，你不用擔心。」嬴琦璇很乾脆地答道。

雪猿看了一下魏莛，說道：「我還打聽到一個情報，而且我也親自去確認了。」

「什麼情報？」蚩尤追問。

「這裡西方有一個地方，叫越王墓。」雪猿有點無奈地抓了抓身體，「可惜我的身軀過於龐大，無法進入入口。傳說在墓穴最深處，有一具越王棺，棺上鑲嵌著兩個靈石，是用來陪葬的。」

「越王墓？我們這不是成了盜墓嗎？」嬴琦璇眉頭一皺，「而且……棺材裡面是越王的屍體吧？」

「有兩個靈石，就算它是傳說，我們都得走這一趟。」蚩尤微微一笑，「開棺的事情就交給我好了。」

「好吧，我們出發。」

於是三人由雪猿帶路，前往西方的越王墓。

朝西方走了一段時間，只見一條寬敞的道路，兩旁是一列列的桂花樹，大家都看到在路的盡頭，是一處很大的墳塚。墳塚上空，則是一群群如墨點的烏鴉在盤旋，聒噪不停。

「那就是越王墓了吧？有種不祥的預感。」嬴琦璇說道。

「不過我們也不知道能去哪裡了。」蚩尤答道。

眾人來到塚前，入口是一次僅一個人通過的空間，透露著微弱的火光，增添不少詭異的氣氛。

「雪猿，你跟魏莛留在這裡，我和琦璇進去一探究竟。」蚩尤說道。

「是。」雪猿點頭。

魏莛說道：「我為什麼不能跟進去？難道以為我會礙手礙腳的嗎？」

蚩尤轉頭對嬴琦璇使了個眼色，嬴琦璇見狀，明白只有她才能說服魏莛，於是說道：「我們需要你和雪猿一起幫我們守好後路。」

「是……末將遵命。」

「那我們走了。」

蚩尤先走進入口，嬴琦璇也跟了進去，雪猿在入口右方坐了下來休息，魏莛則是在入口前方不遠處來回踱步。

蚩尤和嬴琦璇走進越王墓之後，下了大約有兩層樓高的階梯，接著是一條筆直似乎不見盡頭的道路，在兩旁的牆上，是一把又一把整齊排列的火炬燃燒著。

「這麼陰森，裡頭該不會是迷宮吧？」嬴琦璇一邊看著兩旁，一邊前進。

「陌生的環境對我們而言，每一步都可能是危險。」蚩尤拿著歧焱警戒。

兩人小心地向前走了二十分鐘，走到一處很大的廣場，對面有九個入口，似乎每一個入口都有一條通道，而在廣場的最中央，則有一個看似溫文儒雅的石人，正面對著兩人。

蚩尤走到石人之前，端詳著石人，過一會才轉過身對嬴琦璇說道：「這石人沒有什麼特別，現在我們……」

蚩尤話語未落，嬴琦璇卻發現石人在盯著他們，嚇得她驚慌失措：「蚩尤，石人在看著我們……」

「什麼？」蚩尤聽罷，快速地退後，回身一看，果然看見石人正看著他們，「你到底是……什麼人？」

石人淡淡地答道：「范蠡。」

「范蠡？你怎麼會在越王墓裡？」嬴琦璇躲在蚩尤身後。

「君要臣死，臣不得不死。」范蠡頓了一下，「你們，是要來打倒越王的嗎？」

「打倒越王之後呢？」蚩尤接過范蠡的話，「你就可以恢復原狀了嗎？」

「是啊，不然我得承受越王的詛咒，以石頭的本質繼續在這裡當他的殉葬品……」范蠡的聲音漸漸顫抖了起來，「我已經……絕望好久好久了……兩位請幫幫我好嗎……？」

「我們會幫你的。」謹慎的嬴琦璇也轉過話鋒，「不過這裡有九條路，哪一條才是通往越王棺的路？」

「這個我也不知道……當年我一被帶入墓穴中，就受到捶擊而昏了過去，醒來之後就已經遭到詛咒站立在這裡了。」

「好吧，那我們就走——最中間那條。」蚩尤神色凝重。

「為什麼走中間那條？」嬴琦璇有點忐忑。

「因為那條殺氣最重。」

接受范蠡的請託之後，嬴琦璇和蚩尤決定走中間的路。兩人才剛踏入中間的通道沒幾步，馬上就有石門以迅雷不及掩耳的速度封住了退路。

「這是陷阱嗎？」蚩尤見狀，返身高舉歧淼朝石門猛力一劈——石門居然毫無損傷，「怎麼可能？」

「這該不會是禁石吧？」嬴琦璇上前，藉著牆上的火光看著石門，也伸手摸著石門上淺藍色像水波一般的紋路，「依稀記得我老爸說過，這種紋路的石頭，是陰陽家最大的畏忌。禁石雖然從外觀上看不出有什麼危險性，卻能夠將靈力化為烏有。」

「那麼不用兵器呢？」蚩尤放下歧淼，握緊拳頭掄向石門——只見石門依舊完好，自己的指節上出現些許微紅，「為什麼還是沒用？」

「你頭腦真的很簡單欸，你忘了你本身就具有靈力嗎？」嬴琦璇搖著頭，「要破壞禁石，大概只能用一般的力量吧。」

「算了，我看我們還是往前走吧，可不能被困在這裡。」蚩尤放棄破壞禁石的念頭，拿起歧焱，轉身就走。

嬴琦璇看著吸引她目光的禁石，過幾秒才回過神來，快步跟上蚩尤。

兩人走了一段不算短的距離，來到一處比剛剛遇到范蠡的廣場還要更寬敞的地方，也發現在他們的前方，有八個各自背著中型劍鞘的淺灰色幽靈，正在半空中上下飄浮，八個幽靈面貌各有別異，都身著厚重的盔甲，看起來都是武將的身分。

「蚩尤，來者不善。」嬴琦璇眉頭深鎖，小聲地對蚩尤說。

「我們小心點。」

「嗯，這個我知道。」

「不過他們也早就看見我們了吧，為何沒有任何動靜？」

「以靜制動吧。」嬴琦璇一邊看著八個幽靈，一邊望著四周，她發現八個幽靈的後方，有一條道路，「你看見了嗎？在他們的後方有路可以走。」

「問題是要怎麼從他們眼皮下過去？不被攻擊才怪。」

「咦……他們有名字。」觀察力敏銳的嬴琦璇，指著最左邊的幽靈，「你看劍鞘上面有刻著深藍色的字，他叫轉魄。」

「轉魄？」蚩尤從左至右逐一看著八個幽靈的劍鞘，「懸翦、驚鯢、斷水、掩日、滅魂、卻邪、真剛。」

「這下不妙了……」

「不妙了？妳知道什麼嗎？」

「他們是『越王八劍』。我家的八劍侍女，手裡的劍正好就是這八把。」嬴琦璇的額頭上流下一滴冷汗，「不過這裡是越王墓，會遇到他們也在情理之中。」

「越王八劍？」

「嗯，傳說每一把都具有強大的力量，交戰過非死即傷。你會不會打不過他們啊？」

「我無從判斷啊。」蚩尤雙手不自覺地握緊歧焱，看著中間一副吊兒郎當的幽靈，「但我感覺得到掩日是裡頭最強的一把劍，如果可以打倒他，剩下的七把應該就不成問題。」

「你的直覺不錯。那我們來打打看吧？」掩日露齒一笑，「別說我偷聽你們說話，我可是正大光明看著你們的。」

蚩尤和嬴琦璇停在原處，驚疑地看著他。

「都不說話？那麼……我可要先出手了。」

掩日說完，如一股旋風撞上蚩尤的右肩，只見蚩尤在毫無防備的情況下，被撞退了幾步。

蚩尤把歧焱換到了左手，揮出殷紅波動朝掩日而去，也一邊擁著嬴琦璇向後退，「我可以和你打，但是你絕對不行對她出手！」

「我可以答應你，」掩日在半空中對蚩尤莞爾，「我以八劍之首的尊嚴保證，絕對不傷這女人半根汗毛。」

「那最好。」

蚩尤衝上前去，躍了起來朝掩日一斬，只見掩日變出一把和自身顏色相同的靈劍，不費吹灰之力就抵住了蚩尤的攻擊。

「你的刀不錯，它叫什麼？還有，你叫什麼名字？」

蚩尤並沒有答話，越來越用力抵著掩日的靈劍，掩日也反制回去。經過一陣全憑勇力的拉鋸之後，蚩尤大喊一聲，斬斷掩日的靈劍。

「怎麼樣？讓不讓路？」蚩尤手中的歧焱，停在掩日的胸前。

「果然有一手，」掩日作出無可奈何的表情，「可是，要是不注意懸翦他的劍……你又該如何呢？」

「什麼意思……」

蚩尤定睛一看，發現懸翦在他不注意的情況下，將靈劍刺穿掩日的身體，也抵上他的胸前。

「你的意思，是在告訴我無法對你們造成傷害嗎？」

「不錯，你不但有力量，而且還很聰明。」掩日再度變出一把靈劍，舉劍準備朝蚩尤的臉劈下，「你覺悟了嗎？」

「你們這八個傢伙就跟封住退路的石門一樣令人討厭。」蚩尤揚起嘴角。

在一旁的斷水按捺不住，飛了過來，一劍直指蚩尤的咽喉，想要結束他的性命。

「誰都不準動他！」嬴琦璇這時跑了過來，把蚩尤往後拉，讓斷水的靈劍正好點在她的額頭上。

斷水沒有出聲，神情漠然地回頭看著掩日。

「早知道我就不承諾你了，浪費我時間。」掩日聳肩，瞪著嬴琦璇，「驚鯢、滅魂，把那個女的給我架到旁邊去。」

「你們走開！別動我——！」

就算嬴琦璇再怎麼掙扎也無濟於事，只能紅著眼眶，眼睜睜地讓驚鯢和滅魂，將自己從蚩尤面前架到一旁。

就在此時，嬴琦璇和蚩尤以及越王八劍，都感受到石門外猛烈的地震，隨即又平靜下來。當他們正疑惑時，聽到通道傳來一陣奔跑的聲音，然後看見通道入口，有一個滿身火光的男人站在那裡。

「明豔能傾城的我主嬴蕒啊，誰讓妳哭泣了？」男人身上的火光紛紛「跳」了下來，原來是一隻隻火獸，不過嬴琦璇和蚩尤早就明白來人是魏莛。

「魏莛？你怎麼來的？」嬴琦璇趁驚鯢和滅魂都愣住的瞬間，掙開他們的手，和逃開的蚩尤一起退到魏莛身邊。

「你們進入墓裡後，我還是不放心，所以我就跟雪猿說我無論如何都要下來走一遭，也不等雪猿的回答，就進入了墓裡。然後在一個廣場遇到石人，他說你們走了中間的道路，於是我走中間的路，卻發現被石門擋住，我怎麼破壞都無效，最後我召出火獸包覆全身，鑽入石門下通到另外一邊來到此處。」魏莛在回答的同時，也掃視了八個他覺得詭異的幽靈，「話說回來，他們不是越王八劍嗎？」

「是啊。」蚩尤心裡閃過一絲畏懼，「但我也必須坦承，我的刀對他們束手無策。」

「讓我試試看。」

魏莛先是召回了火獸，接著抽出背在身後黑色劍鞘的劍。此劍一出，嬴琦璇和蚩尤都目不轉睛，因為那把劍看起來鋒利無比，劍身閃耀著銀白色的光芒，散發一種凜然不可侵犯的氣勢。

「干將……？」掩日變了臉色，盡是錯愕。

「看起來你們是虛無縹緲的幽靈。那麼，」魏莛單手拿著干將，指著掩日，「就讓這把劍來收拾你們吧。」

「不會讓你稱心如意的。」卻邪從後方穿過懸翦、穿過掩日，瞬間變幻出靈劍，向魏莛用力砍了過去。

魏莛不慌不忙，用干將擋下卻邪奮力的一擊，接著向旁邊閃開，讓卻邪瞬間失了重心往前衝去，然後果斷地以如雷霆萬鈞的力道，順勢一擊刺進卻邪的胸前——只見卻邪張大了嘴，卻喊不出任何聲音，伏在干將的劍身上死去，接著慢慢地消逝。

「卻邪！」

八劍裡最莽撞的真剛，見到卻邪死於魏莛之手，也不管干將的威力是多麼恐怖，一時之間怒從心上起，惡向膽邊生，也變出靈劍，直朝魏莛殺來。

蚩尤此時早就護著嬴琦璇，退到了通道入口前面，而魏莛依舊不動聲色，上前跟來勢洶洶的真剛交戰起來。

「納命來！」真剛咬牙切齒，雙眼圓睜，使出一招招皆足以致命的招式，似乎是恨不得將魏莛除之而後快。

「任何會危害到我主嬴䔽的事情，我絕不會坐視不管。」

魏莛畢竟是經歷過戰場凶險之人，看見真剛如此發狠，硬是不跟他正面衝突，反而穩紮穩打，一招一招接下來。

就這樣反覆幾十個回合之後，真剛漸漸不支，魏莛抓準真剛露出的破綻，猛力揮劍，真剛瞬間便身首分離，過一會也跟卻邪一樣無影無蹤。

「別太囂張！」驚鯢和滅魂異口同聲，各自持劍從一旁衝來。

「夠了！驚鯢、滅魂。」掩日出聲阻止。

「為什麼？」驚鯢說道。

「難道你要讓卻邪和真剛白白喪命嗎？」滅魂更是衝到掩日面前。

「對方有干將，不是我們可以奈何的。」掩日搖了搖頭，「我們再打下去，也是白白喪命。」

「掩日，我們八劍為越王守護陵寢這麼久，直至今日，我才看清你是個怎樣的人！」斷水冷不防從後面抱住了掩日，「那我們就一起毀滅吧，看看幽冥之下，卻邪和真剛會不會原諒你剛剛說的那些話！」

「等一等，斷水你別那麼衝動！」懸翦連忙拉開斷水，正色看著掩日，「不過掩日你說的話，確實讓人感到寒心。」

「哼。」掩日用不屑的眼神看著斷水。

「話說回來，既然我們一對一打不過魏莛，那我有個不錯的建議，就是我們剩下的六劍一齊上，我不相信他還能夠打得贏我們。」轉魄拿著靈劍，一副摩拳擦掌的態勢，「縱使他有三頭六臂也是枉然。」

聽完轉魄的話語，蚩尤、嬴琦璇和魏莛，三人都感到事情越來越棘手了。

「要是他們真的六劍一齊攻過來，魏莛，你擋得住嗎？」嬴琦璇並不是不相信魏莛單挑的勇武，她剛剛就已經見識到了，而是替他擔心遭受來自六方的夾擊，那才是最麻煩的局面。

「就算毫無勝算，也只有盡力一戰。」魏莛先是看了看手中的干將，然後轉頭看著蚩尤，「劉羽信，倘若末將有任何不測，請你務必要先行拿走干將，絕不能落在六劍他們手裡。」

「魏莛，別喪氣，我們還沒有輸。」蚩尤握緊歧焱，「可惡……偏偏在這個時候我什麼也做不到。」

「公主就託付給你了。」魏莛走了過去，走到六劍面前不遠處，放聲嘶吼起來，「秦將魏莛在此！欲決一生死的儘管放馬過來！」

「好一個猖狂的口氣。」轉魄率先衝了過去，跟魏莛交手起來。

「生死有命，請勿見怪。」懸翦見狀，也跟在轉魄之後，夾擊魏莛。

其餘的四劍——驚鯢、滅魂、斷水、掩日，也不落人後，紛紛拿著靈劍，將魏莛圍在核心，一人一招接連出手跟魏莛搏鬥著。

面對緊湊的攻勢，魏莛臨危不亂，憑藉著矯捷的身手和膽大心細的勇氣，將干將舞得虎虎生風，以冷靜化解對自己不利的局勢，也抓住難得的空隙對六劍反擊，絲毫不讓六劍有可趁之機，更讓六劍明白他並不是只會挨打，反而是愈戰愈勇。

眼看如此下去只會陷入僵局，一心想要速戰速決的滅魂，飛到懸翦身旁拊耳幾句，只見懸翦突然面有難色，但又隨即點點頭，像是答應了滅魂什麼事情。

滅魂直直殺了過去，全身都是破綻，魏莛哪肯放過這樣的機會，擋過滅魂的先發制人之後，變換手勢朝著滅魂的側身一刺，雖然干將是刺進了滅魂的身內，但是似乎沒擊中要害，滅魂死死地抓著干將不放，魏莛見狀，立刻自覺不妙，果不其然，懸翦馬上拿著靈劍奮力斬了過來，魏莛只能稍微閃躲，讓懸翦的靈劍傷到了右肩——被劃開一道傷口，湧出不少鮮血。

「卑劣。」魏莛咬著牙，忍著痛用力刺穿滅魂之後，又揮劍將懸翦一分為二，憤氣填膺瞪著餘下的四劍，「還有什麼手段就快使出來吧……」

「你已中了劍身上的劇毒，不用我們出手，你自然會不支倒地的。」掩日對魏莛輕蔑地笑，接著看了蚩尤，「下一個就是你了。」

掩日才剛說完，魏莛就倒了下去，不停地大口喘氣，冒著冷汗，看起來非常的痛苦。

「魏莛！」嬴琦璇見狀，也不顧四劍還在一旁虎視眈眈，連忙跑了過去，在魏莛身邊蹲下身子，「你還好嗎？」

「感謝公主的關心……末將沒事……」魏莛閉著右眼，想要站起來卻事與願違，「可惡……」

「魏莛，你不要再動了。」蚩尤擋在嬴琦璇和魏莛面前，「現在該換我保護你們。」

「可是你的刀……」魏莛感到納悶。

「你剛剛的作戰，替我爭取到不少思考的時間。其實不論武器是不是干將，都可以對他們造成傷害。」

「怎麼會？你跟掩日的戰鬥，不是已經知道這個可怕的事實了嗎？」嬴琦璇比魏莛還感到疑惑。

「琦璇，妳仔細想想看，他們的靈劍是從自身變化出來的，不就代表靈劍和他們的身體的本質是一樣的嗎？所以當懸翦的靈劍刺過掩日，掩日會毫髮無傷也是理所當然的事。」蚩尤拿著歧焱，做出戰鬥的態勢，「要是我的刀會像靈劍一樣穿過他們的身體，那麼，先前我和掩日以及剛才魏莛跟六劍的拉鋸戰又該怎麼解釋？不就早該喪命了嗎？」

「那個障眼法現在才發覺已經太遲了。」掩日雙手握著靈劍，俯衝過來猛力一擊抵在蚩尤的歧焱上面，「落入圈套的你，還是束手就擒吧。」

「不可能。」蚩尤怒不可遏，運用自身強大的力量再次擊破了掩日的靈劍，也在一瞬間擊斬了他，「有本事愚弄我就準備接受我的反擊吧。」

驚鯢、斷水以及轉魄，眼見掩日已死，己方陷入了無路可退的窘境，於是三劍抱著必死的決心，孤注一擲從三個不同的方向朝著蚩尤殺來，但蚩尤目前完全處於憤怒的狀態，那種氣勢連鬼神都要畏懼三分。沒有多久時間，三劍就成了他的刀下之鬼，煙滅灰飛。

「咳……咳咳……」魏莛毒已攻心，血從嘴角流了出來，「劉羽信……」

「對不起，魏莛，是我的不智害了你。」蚩尤蹲在魏莛身旁。

「末將……」魏莛茫然地看著蚩尤，然後轉頭看著嬴琦璇，「是末將無能……請兩位不必為我感傷……公主……末將能夠為妳戰至最後一刻，還能在妳面前而終，末將也算……死得其所了……」

「我……」嬴琦璇眼眶滿盈淚水。

「其實……末將早就知道妳不是嬴萁公主了……」

「那你為什麼還……？」

「因為……我愛她。」

魏莛說完緩緩地閉上雙眼，嘴角露出一絲滿足的笑意，隨即在嬴琦璇和蚩尤的眼前慢慢地消失不見，只留下干將。

嬴琦璇流下兩行清淚，輕輕拭去之後，撿起了干將，堅定地對蚩尤說：「我要帶著它，帶著魏莛留給我的愛，跟你一起在這個世界裡戰鬥下去。」

蚩尤只覺得訝異，說道：「我是不難理解妳想要帶著干將的心情，只是妳會用劍嗎？」

「我從小就看著八劍侍女練劍，自然會受到影響，只是老爸怕我受傷，所以我練劍的時候用的劍都只是等真劍重的木劍。」嬴琦璇看著干將，「直到現在，我才知道原來何謂真正的劍了。」

「原來如此，那我們走吧，我想過了這條路，越王棺應該就近在眼前了。」

「嗯。」

兩人繼續向前走，走進唯一的通道，這條通道很短，路兩側的牆上有一排火焰在燃燒，兩人才走了將近百步就到達下一個地方——比越王八劍鎮守的廣場還要再大上兩倍的墓室，墓室兩旁各用了十柱火炬，將整間廣闊的墓室照耀得如同白晝，而在墓室的正中央，有一個裝飾華麗的棺槨。嬴琦璇和蚩尤相視了一下，都明白那必定就是越王棺了，於是蚩尤率先走了過去，嬴琦璇緊跟在後，兩人帶著如臨大敵的神情來到棺旁，看見棺上果然像雪猿所說的一樣，鑲嵌著兩個靈石，一個茶褐色，一個靛青色。

「靈石看起來嵌得很深入，要拿出來就不可能不動到棺蓋了。」蚩尤放下歧焱看著嬴琦璇，雙手放在棺蓋兩側，「不過棺緣並沒有封死，我想是因為越王認為再怎麼樣，都沒有人能突破八劍的封鎖來破壞他的長眠之處吧。」

「那，你現在要開棺了嗎？」嬴琦璇神色有些驚恐。

「妳可以躲在我背後。」

蚩尤毫不在乎裡頭躺的是越王的屍體，雙手用力將棺蓋拿了起來，一陣灰色和紫色交錯的煙霧從棺裡飄溢出來，只見漫漫煙霧散去之後，有一個長頸鳥喙，眼神銳利如鷹視，穿戴整齊的男人，右手正舉起一把極其鋒利的銅綠色的劍，對著蚩尤劈了過去，蚩尤見狀，連忙用棺蓋去擋，在一旁的嬴琦璇看見男人只用劍鋒，就劃開了棺蓋，兩個靈石也因為這樣的衝擊而掉落在地。

「大膽何人，竟然敢闖入我的陵寢？」

男人沙啞的聲音，讓人聽了十分難受。

「我們只是來找靈石而已，並無冒犯你的意思。」蚩尤一邊回答，一邊低下身子將靈石撿了起來，拿給嬴琦璇。

「你這樣就是盜墓，難道還不夠冒犯我——」男人像一頭剛睡醒的雄獅正在哮吼，手裡的劍刺向蚩尤，「你還不把我句踐放在眼裡！」

「那怎樣你才要放過我們？」嬴琦璇揮動干將，擋下了句踐的攻擊。

「把命留下，像入口的范蠡一樣當我的陪葬品。」對於嬴琦璇代替蚩尤的防禦，句踐睥睨，「而妳不過一介女流，耍什麼劍法，豈不荒謬？」

「你也不過是一具未腐敗的活殭屍罷了，別太瞧不起人！」好強的嬴琦璇，馬上甩開句踐的劍，朝他的腰部揮了過去。

句踐跳出棺槨，切齒說道：「把靈石還我！」

「為了這兩顆石頭，我們險些喪命，怎麼說還你就還？」蚩尤這時也拿著歧焱，「我們一定會打倒你的。」

句踐此刻的神情，變得更加陰森，答道：「那你就試試看吧……」

句踐舉劍劈向棺槨，將棺槨一分為二，這時突然颳起一陣冷風，墓室裡的火炬起了變化——越來越薄弱，接著完全熄滅，整個墓室籠罩一片伸手不見五指的黑暗，嬴琦璇和蚩尤也驚覺事態不妙。

嬴琦璇被這種恐懼嚇得不知所措，幸好在火炬還沒完全熄滅之前，她就已經躲到蚩尤的身後，左手緊緊揪住他的衣服。

「想活著的話，就把石頭還給我。」

黑暗中傳來句踐的聲音。

「那你先恢復這裡的光明再說。」蚩尤開出了條件。

「別忘了你們的性命正掌握在我手裡，沒有跟我討價還價的餘地。」

「那我來代替他們跟你交涉吧？」

在黑暗中又出現了一個不同的聲音，這讓嬴琦璇和蚩尤都感到訝異，句踐也不例外。

只聽見句踐說道：「沒想到你們竟然還有同夥！你要做什麼！」

「恢復這裡的光明，我就放你一條生路。」來人有點無奈，「不然憑著靈氣在黑暗中確定人的位置是一件很麻煩的事情。」

「別以為你可以命令得了我！」

「難道你忘了當時十年生聚的膽識？無所謂，你想死我也不反對。」

聽到這裡，句踐似乎是妥協了，十柱火炬漸漸開始燃燒，墓室恢復了原先的光明，嬴琦璇和蚩尤也馬上擺出警戒的姿態，因為他們早已從剛剛對話中的聲音判斷出來人就是項羿，也看見句踐被一條大約有成人手臂三倍粗的雙頭蟒蛇纏繞著全身上下，而操縱那條雙頭蟒蛇的人正是巫相。

「你、你說過……會放我的……你……」句踐臉色已經脹得發紅。

「我是這樣說過沒錯，可是以前處於亂世的你，應該比誰都還了解——」項羿揮手示意巫相殺了句踐，「從來就沒有信用這回事。」

句踐瞠目看著距離自己數步的項羿，沒想到會枉死在雙頭蟒蛇的勒緊中，過一會就消失不見，銅綠色的劍落到了地上，發出沉重的聲響。

「好了，接下來是該處理你們了。」項羿一臉輕鬆，看著嬴琦璇和蚩尤。

「你是怎麼來的？」蚩尤壓抑不安，試圖讓自己鎮定。

「石人好像沒什麼用處，所以我把他毀了。禁石那條通道即使有洞我也不想鑽，所以我走了隔壁那條路，通行無阻。還有，我也順便把陵墓外守門的那隻白色小猴子處理掉了。」項羿說完，放聲大笑起來。

「雪猿——！」

蚩尤再也無法克制憤怒，踏了幾個箭步，手裡拿著更加火紅的歧焱直向項羿斬去。

「別動不動就舞刀弄槍的，」項羿迅速拿起句踐遺落的劍，擋住蚩尤的攻擊，「湛盧真是把好劍啊。」

「別廢話，今天我一定要跟你做個了斷！」

「我沒時間跟你玩。巫相，去把嬴琦璇背後的包包給我搶過來。」

巫相點頭，隨即走向嬴琦璇。

「你別想對琦璇動手！」蚩尤見狀，想要對巫相展開攻擊，但項羿手中的湛盧壓制著他的歧焱，讓他不得移動半步。

「你最好別忘了現在正跟我對峙，無暇顧及別人。」項羿突然眉頭一皺，微微偏頭看著旁邊，「有人來搗亂了……」

嬴琦璇和蚩尤以及巫相，聽到項羿的話，都不約而同朝墓室入口一看，竟是巫彭他們。

「好久不見卻又熟悉的面孔啊。」巫相暫時放過嬴琦璇，看著巫彭，「怎麼？追殺我追到這裡來了？還真是辛苦了你們湘山五巫。」

「你應該感謝昊鷹，在這個世界裡，到處都有牠天羅地網般的眼線。」巫彭看著停在巫凡肩上的昊鷹，不理會巫相的挑釁，「你做好覺悟的打算了嗎？」

「什麼眼線，不過就是一群群聒噪的飛鳥，別自抬身價讓人想笑。」巫相召出十隻全身長著細刺的毒蛇，朝五巫衝了過去，「通通都給我去死吧！」

只見巫抵和巫陽各自拿起背在身後的角弓，迅速地從腰際的箭壺抽箭，連射了五支箭，箭無虛發，不一會地面上盡是蛇屍，趁此混亂，蚩尤也護著嬴琦璇退到了巫彭後面。

「嬴姑娘、劉公子，你們先走吧，這裡交給我們五巫就好。」巫彭直視巫相。

嬴琦璇勸道：「多謝巫彭大哥你的美意，可是他們的力量非同尋常，恐怕不是你們能夠對付的。」

「就算如此，我們湘山五巫還是有該盡的道義責任。」巫彭轉身向嬴琦璇和蚩尤點頭，「請快離開吧。」

「琦璇，我們走吧。」蚩尤嘆了一口氣，拉著嬴琦璇轉身快步走進通道。

等到確定嬴琦璇他們離開之後，巫履口唸咒語，通道入口立刻出現一層紫色的屏障擋著。

「這下我們就沒有後顧之憂，可以全力來對付你們了。」巫彭神情變得冷峻，「讓我見識見識你們的力量吧。」

沉默不語有好一陣子的項羿，伸手從懷裡的袋子中拿出碧綠色龍形的石頭，說道：「總是有人不知什麼叫做自尋死路呢。」

【第捌章・相逢】

從項羿魔掌逃出來的嬴琦璇和蚩尤，出了陵墓，卻感覺到一陣天搖地動，滿樹的烏鴉也被嚇得吱吱喳喳飛了漫天，更讓人感到驚訝的是——陵墓居然開始崩塌了。蚩尤連忙扶起腳步不穩而跌倒的嬴琦璇，背著她跑到不遠處的小土丘上，看著陵墓緩緩地下沉在一片亂煙之中。

「巫彭大哥……他們不會有事吧？」嬴琦璇眺望陵墓所在。

「只能說很危險……連可以隻身殺入萬人大軍的雪猿都……」蚩尤眉頭深鎖，「項羿擁有的力量真的太強大了。」

「不過我們現在該往哪裡去？」嬴琦璇轉頭看著蚩尤，「再待在這裡絕對不是好選擇。」

「我們往北方去吧，之前風后說不管身處在太虛幻境的哪個角落，雖然不知道為什麼，但只要中途不改變方向，朝北方走一個時辰，然後再朝反方向的南方走半個時辰，就一定會到達鵬鯤之谷，而那裡有個超脫世俗的人，也許他會知道有關十四靈石的事情。」

嬴琦璇點了點頭，隨即和蚩尤朝北方走去。

在他們離開半個時辰後，已經崩塌殆盡的陵墓，突然有一道紫光衝了出來，一道綠光緊跟在後，前者是巫彭和鉅變的昊鷹，後者則是項羿和巫相，以及項羿手下四神之一的青龍。

「你可真能打啊，巫彭。」巫相抹去落在臉上的塵土，「但你也活不了多久了。」

「那也要帶你一起去死才行。」巫彭冷冷地回道。

「說實在的，你那隻鷹怪能跟青龍交戰至此，也算有兩下子。」項羿微微一笑，「不過現在就要結束了。」

「我一開始就不認為我會輸，也不認為現在會是結束，」巫彭從懷中拿出了一把黑色短杖，頂端鑲嵌著石頭，指著項羿，「而是你們最好有所覺悟。」

「那是……」巫相一見巫彭手中的短杖，有點驚訝，「沒想到，你竟然得到了……藏於湘山禁地之中的禁杖——艏黟。」

「湘山禁地的考驗，確實費了我一番心思，不過一切辛苦，只要能夠殺了你這個叛徒，都是值得的。」

巫彭此時口唸巫相從來沒聽過的咒語，一方面也將艏黟對著昊鷹，只見昊鷹身軀不斷變大，等到巫彭停下咒語，昊鷹的體態已經和青龍不相上下了。

「別虛張聲勢，你這套把戲對我起不了作用。」項羿老神在在，「只不過是金玉其外，敗絮其中罷了。」

青龍立刻張牙飛舞衝向前方的昊鷹，項羿和巫相原以為昊鷹會像先前那樣，被青龍一路壓著打，但現在卻出乎他們的意料，用艏黟施咒過的昊鷹變得異常敏捷有力，激戰沒多久反倒是青龍敗下陣來，退回項羿的上方。

「怎麼樣？剛剛不可一世的氣焰到哪裡去了？」面對青龍的退卻，巫彭嗤之以鼻，「勸你不要認為鮀黟只是把生物巨大化數倍，應該明白它能夠賦予生物源源不絕的力量。」

「比起之前那個什麼巫教主孟涂，你的確有兩下子啊……巫彭。」項羿一副苦惱的樣子。

「那麼就該劃下句點了。」巫彭舉起鮀黟，準備指示蓄勢待發的昊鷹給予青龍致命一擊。

「事已至此，我只好用這招了，你別太得意啊，巫彭。」巫相的左手和右手，五根手指之間都夾著一張符咒，口中念念有詞，「你能得到鮀黟，也不見得我得不到巫獸，現在就讓你開開眼界吧。」

巫相也唸著巫彭沒聽過的咒語，顯然是在進行某種召喚。語畢，八張符咒就自燃殆盡，而在巫相的正前方，出現了一隻巨大的煞白蠍子，背上載著一個裸著身，渾身卻布滿一顆顆眼珠的孩童，清秀臉龐上的雙眼布滿血絲，冷冷地注視著巫彭。此刻，項羿跳上青龍，飛到空中打算隔山觀虎鬥。

「魃蠍之孩？你——」巫彭倒抽了一口冷氣，「潏山禁地的殺祭你是怎麼完成的？那不是要千人的性命才可以破除的封印嗎？」

巫相笑著：「你應該還記得項羽吧？正是他給了我們方便。我帶著他讓項羿率領的千名兵力，上了潏山，然後我召出千百成群的毒蛇，把他們驅逐到封印石的洞穴內，再由項羿放出白虎盡數殺死——那景象可說是血流成河，不過也只有這樣的犧牲，才能為我換來這令人悚然的力量。」

「你這傢伙……今日不殺你，我愧對闕非！」

「哈哈哈哈！縱然是闕非復生，拿著他親自封印的魈魆與我交戰，他也不是我的對手，更何況是你？別忘了魈魆之孩當初可是讓闕非送了性命！」

「我確實比不上闕非，但是不試試看又怎麼知道結果！」巫彭怒不可遏，巫相膽敢如此褻瀆恩師，「攻擊吧，昊鷹！」

昊鷹長鳴一聲，振翅衝向魈魆之孩，而巫相並沒有任何指示，似乎一切都讓魈魆之孩照自己的想法行動——只見魈魆之孩說道：「綻。」

魈魆之孩身上的眼珠，此時一顆顆變成一個個流著鮮血的手掌，朝昊鷹的方向疾如雷電般射了過去，昊鷹猝不及防，被大量的手狠狠地抓住全身，發出淒厲的叫聲墜落在地。

「你可真狠毒啊，魈魆之孩。」巫彭舉起魈魆對著昊鷹唸咒，一道銀色的光就覆蓋住牠，銀光散去之後，所有死命抓住昊鷹的手已經乾癟，一落地就煙消雲散，而昊鷹的背上，也多生了一雙羽翼——昊鷹看起來更加兇猛強大，再次振翅飛到空中。

「看來不毀掉你的魈魆，昊鷹根本不死。」巫相有些苦惱地說道。

「這魈魆可是闕非用盡心力所創造出來的，怎麼會輕易就敗在你手裡？」巫彭答道。

魈魆之孩仍不改其沉默，眼神兇狠，突然咧開了嘴笑著說：「劫。」

巫彭絲毫不敢大意，決定靜觀其變，只見魈魆之孩身上所有的眼珠，都飛到空中，範圍很快地遍布巫彭和昊鷹頭頂上的天空，漸漸地，所有的眼珠又化成雲狀，血紅色的雲讓人看了感到一陣不安，就在巫彭納悶的時候，下起了紅雨——巫彭和昊鷹想要躲避也避不了，傾刻間就全身淋漓，痛苦不已。直到巫彭和昊鷹都倒在濘滯的地面上，紅雨才隨魃蠍之孩的意志停了下來。

「真是一絕……這種恨入心髓的痛苦……難道就是你所背負著的強大怨念嗎……」對於這種精神上被施加的恐怖，巫彭知道昊鷹在雨中時就已死去，而他自己則是因為舵黟才撐了過來。現在感到一點力氣都沒有了，只能咬著牙趴在地上，看著魃蠍之孩朝自己緩緩而來，「看來我即將命喪於此了……」

魃蠍之孩沒多久就走到苟延殘喘的巫彭面前，魃蠍舉起了雙螯對準巫彭的頭部，似乎想要一擊就殺了他，就在此時——有一隻背上長著雙翼的紫紋虎，以一種迅雷不及掩耳的速度衝了過來，銜走巫彭，與魃蠍之孩保持一定的安全距離才輕輕地放下巫彭。紫紋虎的出現，不僅做壁上觀的項羿感到狐疑，巫彭和巫相更是驚愕。紫紋虎正是闢非所馴養的，而巫彭和巫相都記得，當時與魃蠍之孩的激戰後，受到重傷的不只闢非，紫紋虎更是氣息奄奄，在闢非被趕來的六巫抬回到湘山草屋後沒多久，撒手人寰的同時也隨之消逝。如今在這種時刻出現，還救了巫彭，怎能不讓巫彭和巫相感到驚訝？

「窮奇……你怎麼……會在這裡出現？」巫彭勉強地問。

「我想，你還是問問闤非會比較清楚。」

窮奇回答完，用力地振著雙翼，紛紛掉落的羽毛，慢慢地匯集成一個人形，不久出現在窮奇身邊的，是一個穿著青色袍子，但四肢明顯是虎身的中年男人。

「闤非？」巫相瞪大雙眼，「你不是早就死了嗎？」

「愚蠢的巫相啊，難道你以為我用盡最後的力量設下殺祭，作用只是鎮壓魃蠍之孩這樣而已嗎？」闤非蹲下身從巫彭手裡拿過骳黟，瞬間就為他解開心靈上的束縛，使他得以站起來，「我早就看透你那壓抑的野心，必在我死後曝露無遺，所以殺祭還有另一個作用——就是一旦有人破了殺祭，那其中一部分的靈魂會歸屬於我，讓我跟窮奇復活。」

「就連死了都還要活過來……」巫相冷笑一聲，「那就再死一次吧。」

「那看你有沒有這個本事了。」

闤非回答著巫相，眼中所看的卻是魃蠍之孩。

魃蠍之孩當然也看見闤非的出現，愣了半晌，兩眼圓睜，切齒拊心：「可恨的人……」面對曾經的勁敵，闤非當然先下手為強，二話不說就將骳黟重擊地面，頓時一條火龍就衝了出來直向魃蠍之孩，魃蠍之孩行動力本來就不快，沒躲過闤非這次的攻擊，全身都著了火，但魃蠍之孩喃喃自語，火勢就漸漸小了，再來就完全熄滅。而窮奇早就奔上前去，猛力抓傷魃蠍之孩毫無遮蔽的胸前，再迅速地退回闤非的身邊。

「呵呵呵……」魃蠍之孩似乎很享受於這樣的痛楚，「闤非，我要殺了你，一定要。」

「我當初可以打敗你，」闔非將觤髎直指魃蠍之孩，「現在也能。」

魃蠍之孩已被激怒，直往闔非所處的方向殺去，並沒有注意到窮奇趁機來到他的背後，和闔非形成夾擊之勢。

闔非只是靜靜地看著魃蠍之孩離自己越來越近，直到魃蠍巨大的雙螯朝自己劈過來，才不慌不忙的用觤髎展出屏障擋住。

「你以為你擋得住我的力量？」魃蠍之孩看著闔非，而魃蠍壓迫屏障的力量也越來越強勁，「我不信。」

這時窮奇從魃蠍之孩的後方撲了過去，張開充滿利牙的大口，用力地對著魃蠍之孩的頸部咬下去，魃蠍之孩冷不防被咬了這麼一口，立刻大叫一聲，吐出大量的鮮血，但魃蠍之孩硬是將頭一百八十度的旋轉，惡狠狠地瞪著窮奇：「上次，上一次你也是這樣咬我，受死吧。」

窮奇還沒會意過來，魃蠍就已經將尾巴上的毒針刺進窮奇的後背，直至心窩，窮奇低吼一聲，就放開了魃蠍，倒在地上，消逝在所有人的眼前。

闔非則是避開魃蠍雙螯的壓制，踩著幾個箭步踏上魃蠍，站在魃蠍之孩身後，迅速抽出腰際的劍，奮力朝魃蠍之孩的脖子右方斬了過去：「這次結局不是封印，而是你將死。」

不過魃蠍之孩卻看起來一點都不痛的樣子，反而將頭轉回來，對闔非笑著：「闔非，你到底殺了誰啊？」

闔非先是一驚，接著回神迅速向後方退去，卻發現巫彭已經倒在地上，闔非趕緊蹲下身子將巫彭扶起，只見巫彭脖子右邊被劃開一道相當深的傷口，然後整個人消失在自己的眼前。

「巫彭……難道，是我殺了他？」闞非起身。

「你後悔也太遲了。只要我受到致命的威脅，又剛好有認識你的人在我的周遭，他們就會代替我承受，直到剩下你為止，你才有可能殺死我。」

「原來如此……」闞非靈光一閃，飛快地動了腳步，再次站上魃蠍，與魃蠍之孩對看，「如果我再殺你一次呢？又會是如何？」

召出魃蠍之孩把巫彭逼上絕境的巫相，還在暗暗得意，可是聽到闞非如此說，當下也恍然大悟，連忙喝道：「闞非，你給我住手！」

「沒錯，我就是要讓你試試巫彭的痛苦！」闞非立刻揮劍砍上魃蠍之孩的脖子，等待接下來會發生的事。

果然不出闞非所料，魃蠍之孩一點事情也沒有，而巫相卻在原地，雙眼圓睜看著闞非，脖子右方已被劃開了一道傷口，鮮血如注，沒多久巫相就倒在地上死去，消失無蹤。

「闞非，你就這樣殺了自己的徒弟？」魃蠍之孩對於巫相的死，絲毫不在意。

「他死了，也才能讓我們好好分出勝負吧？」闞非跳下魃蠍，快速地退回後方，也抬頭看了乘著青龍的項羿，「不過我希望最好不要有人再來攪局了。」

「你放心，我這個人最不喜歡多管閒事了。」項羿淡淡一笑。

「等我解決掉闞非，馬上就殺了你。」魃蠍之孩瞪著項羿，「沒有用處的人。」

「那我倒是希望你不會先死啊。」項羿聳肩。

「不要再多費口舌了，來做個了斷吧！」闟非聽不下去魃蠍之孩跟項羿的互相挑釁，用舥黟向地面一擊，魃蠍之孩周圍的地面就衝出了許多水柱，將他困在核心。

「你也太急了吧？」魃蠍之孩看著闟非，自己的身上則是不斷冒出眼珠，就像剛被召喚出來的那時候，「霆。」

只見魃蠍之孩身上的眼珠，全部脫離飛到空中，然後變化成近百支紅色利箭，從各角度對準闟非，如一場驟雨般直向闟非而去。

闟非不慌不忙，把舥黟高舉之後，水柱捲回身邊，化為許多淡藍色的大型屏障，陣陣而來的利箭一射到屏障上，瞬間化為烏有。頃刻間，箭雨就沒了，一支箭都沒有傷到闟非。

「你的箭感覺不少，不過……還有嗎？」闟非輕蔑地笑。

魃蠍之孩沒有回答，只是靜靜地走下魃蠍，站在魃蠍之前面對著牠，魃蠍突然舉起左螯，箝住魃蠍之孩的脖子，直接將魃蠍之孩當作獵物般送入口裡大肆吞食。而闟非和項羿，都被魃蠍之孩這突如其來的恐怖舉動驚愕到，愣怔看著魃蠍，等到魃蠍之孩完全被吃掉之後，闟非才回過神來。

「你這傢伙，究竟想做什麼？」面對魃蠍之孩的行動，闟非有點膽怯。

就在此時，魃蠍的背部發生了變化——兩隻手撕開了魃蠍的背部，從中出現剛剛被吃下的魃蠍之孩，而魃蠍之孩這時候的樣子也有明顯的不同，比先前更加消瘦，雙手手臂上長出交錯的尖刺。死亡的魃蠍在魃蠍之孩腳下逐漸消失，魃蠍之孩也不在意，只是看著闟非。

「看來不需要多說，這次就換你放馬過來吧。」闟非說道。

「我懶得動手殺你。」魃蠍之孩不屑地回答。

「你也太看不起我了！」闟非拿著劍，筆直朝著魃蠍之孩而去。

大出闟非和項羿的意料之外，魃蠍之孩並沒有任何的閃避，也不見任何的抵抗，就讓闟非的劍刺穿自己的胸膛。

「你、你怎麼會這樣？」

「既然最強的術式『霆』都對你沒用，相信其他的攻擊也是一樣，與其讓你有可能活著，倒不如讓我以這招跟你同歸於盡。」魃蠍之孩一副無憾，「看看你胸膛吧。」

闟非聽到魃蠍之孩如此說，低頭看了胸膛，發現胸膛已經被自己的劍貫穿，血染紅了衣服，自己卻感受不到一絲痛楚，不禁納悶：「我會死？」

「當你的劍刺入我的身體時，你的身體不會有任何感覺，而等下我心跳停止的同時也代表你死期將臨。」

「沒什麼，反正我已經死過一次了。」

「你還真冷靜。」

魃蠍之孩冷笑了一聲，接著就倒在地上化成碎末。而闢非也體力不支，跪坐在地。

此時青龍降落地面，項羿跳了下來，走到闢非面前，搶去觤黟，說道：「這把巫杖——呃，叫做觤黟，對吧？這顆鑲嵌於上的鐵灰色石頭，如果我的判斷沒錯，是十四靈石。」

闢非一聽，反問：「為什麼，你會知道十四靈石的事情？」

「你不需要知道。我比較好奇，這把巫杖……不是你創造的對吧？」

「你這問題真荒謬……如果不是我創造的，我何以能擁有它？」

「創造和擁有不是絕對。」項羿舉起觤黟，看著鐵灰色石頭，「更何況創造者的靈力與你的靈力本質完全不相符。」

「沒想到你會如此通曉……這把巫杖，是魃創造的。」

「魃？傳說中幫助黃帝打敗蚩尤的天女……她在哪裡？」

「你覺得我會平白告訴你？」

「不要跟我談條件——」項羿將觤黟抵上踏非的喉結，「不然你的下場會很悽慘。」

「反正我都快死了。」闢非笑著，「但是你要在這麼廣闊的世界裡找到魃，得花上不算短的時間，也許會像海底撈針，根本找不到。」

「快說你的條件吧。」項羿退後了幾步，「我可沒什麼耐心。」

「觤黟擁有強大的治癒能力……如果在我還沒死之前……」

「把觤黟交給你，好讓你治療魃蠍之孩所帶給你的致命傷？」

「沒錯……就是如此……咳……」

「拿去。」項羿將觤黟交給闞非，「快告訴我吧，魃在哪？」

闞非接過觤黟，得到了一些力量，然後將刺在胸膛的劍，用力拔出來扔在一旁，瞬間傷口血流如注，但闞非咬牙忍痛，閉著眼喃喃唸咒，不一會傷口就漸漸痊癒，而闞非的神色看起來也恢復許多。

「如果你還信得過我，我帶你去找吧。」闞非起身，與項羿相對。

「為了避免你耍花樣，我要先做一件事。」

項羿抽出背著的王怨，以劍鋒迅速地挑出觤黟上嵌著的靈石，在闞非還沒反應過來的時候，就已經將靈石掌握於手中。

「你這是在做什麼！我的巫杖……」

闞非眼看自己跟魃交換來的心血，被項羿突如其來的舉動毀於當下，氣得不知道該說什麼才好。

「畢竟這也是我正在尋找的東西，早點到手我才不用擔心。」

「蒐集十四靈石，你想毀掉天界是吧……」

「這的確是我的計畫，不過不關你的事，你現在只要帶我去找魃就好。」

「如果我拒絕？」

「很簡單，我會很乾脆地殺了你。」

「那你就試試看吧。」闟非將觥黟對著項羿，「雖然觥黟的力量來源被你奪取，但我不會就這樣受死。」

「我只要用王怨就足夠了，現在的你根本不值得我全力對付。」項羿說完，立刻將劍直指闟非面上而去。

這時，天上降了一道火焰，將項羿手中的王怨擊落在地，闟非身旁的地上猛地冒出烈火，烈火之中走出一名身穿青色衣裳，棕色長髮遮住半臉的年輕女子，以理所當然的姿態出現在項羿面前。

項羿臉色一沉，警戒地說道：「妳是誰？」

「我才想問你是誰，」女子神情冷淡如雪，「隨便拔劍想殺了我的手下，這樣我可是會很困擾的。」

「趕快表明妳的身分吧。」項羿撿起劍，指著女子，「還是妳打算跟妳那沒價值的手下一起消失？」

「不許你汙辱魃天女！」闟非不再多說，高舉觥黟。

此刻魃早闟非一步，將下半身化作一道熱風，整個人往項羿攻去。項羿見勢不妙，連忙閃避，卻沒能完全躲過。魃只是經過身邊，項羿便熱得一陣暈眩，踉蹌幾步，勉強站定。

「怎麼?只是試探，你就連腳步都站不穩了……」魃回身冷笑，「希望你不會讓我失望啊。」

「哼……」項羿也揚起了笑，「妳最好不要小看我。」

蚩尤和嬴琦璇朝北走了一個時辰，又折返向南走了半個時辰，看見地上有鵬與鯤的圖騰，像太極那樣，黑白有別，合成一個圓形。但是在他們的來時路上，並沒有看見這個圖騰。

「鵬鯤之谷應該就在此處了……只是要怎麼進入？」蚩尤偏頭看著嬴琦璇。

「會像進入虛空之池那樣嗎？」嬴琦璇緊握著蚩尤的右手，把腳踩在圖騰上。

在那一剎那，圖騰亮起淺藍色的光芒，大鵬先是展翅飛了出來，巨鯤也隨即動鰭游了出來，而嬴琦璇和蚩尤則是被吸入空無一物的圓圈裡。

這時，一名穿著樸素，神色悠閒的中年男子，站在圓圈內，看著大鵬和巨鯤，笑著說道：「沒想到竟然還會有人來拜訪我。」

大鵬振了振雙翅道：「那兩人看起來不像是大國的使者。」

巨鯤翻了個身，看著男子，反問：「你覺得他們想來做什麼？」

「其實我根本不在乎他們想做什麼，」男子打了個呵欠，「我只怕他們會被困在谷裡走不出來。」

「那你幹嘛不進去看看？」巨鯤一副無奈。

「我們走吧。」

男子一說完，大鵬和巨鯤馬上會意，飛入他的體內，一起消失在圓圈中。

經過一陣黑暗，蚩尤和嬴琦璇真正進入了鵬鯤之谷，只是兩人初踏此地，立刻就感到不對勁——頭頂上是毫無異樣的藍天白雲，散發著晴朗，但在他們的腳底下，大地竟是整夜的星空閃爍。兩人面前有一塊約兩公尺高的石碑立在那裡，於是兩人便走近了看，只見上面刻著：「北處生，南向死」，當他們看完的時候，也突然發現石碑上坐著一具骷髏。

「請問，」嬴琦璇硬著頭皮，「要怎麼離開這裡呢？」

「咯咯……咯咯……」骷髏用手不停轉著自己的頭，「出不去，出不去。」

「他感覺上無害，別理他吧。」蚩尤環顧身邊，「看來這裡是個無形的迷陣，石碑上那六個字，很顯然是我們突破此地的線索。」

「沒錯。」嬴琦璇指著位於頭頂正上方的烈日，皺著眉頭，「雖然有太陽，但是我們又看不到自己的影子，也沒辦法測定方向了。」

「難道我們只能被困在這裡嗎？」

「我太貿然了……對不起。」

「沒關係，剛剛也只有妳的選擇可以一試。」

嬴琦璇一邊往前走了幾步，一邊仔細觀察腳下的星空，說道：「如果我猜得沒錯，我們很快就能離開這裡。」

「妳發現什麼了嗎？」

「這裡的星空看似讓人摸不著頭緒，反而是最能幫助我們的。」嬴琦璇微笑，向四周看了一陣，然後指著左前方十幾步外的一個星座，比劃起來，「你看，那幾顆星星，從這到這，連起來像什麼？」

「像舀東西的斗杓。」

「這叫北斗七星，只要看見它，那裡就是北方。」

「原來如此，我們走吧。」

蚩尤牽著嬴琦璇，很快走到北斗七星之上。這時，一隻擁有七彩雙翅的蝴蝶從勺柄頂端的星星飛了出來，在嬴琦璇的右肩上停著。

「恭喜兩位能夠突破此處。」

從蚩尤和嬴琦璇的後方傳來一個聲音，聽起來冷峻又熟悉。

「為什麼你會在這裡？」蚩尤早已拿出歧焱，雙手握緊，轉身面對來人——項羿。

「我不是我，我也是我，但其實我是你心裡最懼怕的事物。」項羿笑著。

「從靈力和外觀來看，他和項羿並無不同之處，只是講話的方式……？」蚩尤小聲地說著。

「他不是項羿。」嬴琦璇走向項羿，「大鵬、巨鯤、骷髏、蝴蝶，與萬物合一，只有你能如此變化萬千，你是莊周吧？」

項羿很快又變成了一個笑意滿盈的中年男子，說道：「好驚人的洞察力。」

「既然鵬鯤之谷的主人都已經現身，那表示我們可以離開這裡了嗎？」蚩尤追問。

「可以啊，更何況你們是靠著冷靜解救自己，沒有等我出手幫忙。」

莊周說完，䨼鵬和泱鯤就從他的體內飄然而出，在那一瞬間，時空也回到了鵬鯤之谷外面，三人站在圓圈裡。

「難得鵬鯤之谷被人突破，這就給你們吧。」

莊周從衣袖中拿出了一塊靛青色的石頭，在他拿出石頭後，圓圈就慢慢地淡化無蹤，好像從來都沒有存在過。

「你怎麼知道我們在找這個？」蚩尤驚疑。

「我會讀心，萬物同道。」莊周淺淺一笑。

「謝謝你。」嬴琦璇替蚩尤接過石頭，「不知道你有關於十四靈石的情報嗎？」

「不只你們在找吧？何不反過來想想看？」

莊周摸了下嬴琦璇肩上的蝴蝶，隨即和蝴蝶消失不見。

蚩尤收回歧燚，看著遠處，對嬴琦璇說道：「我們回去越王之墓吧。」

「為什麼？項羿不是在那裡嗎？」

「莊周剛剛說得很清楚了。妳知道的，項羿跟我們一樣在找靈石，或許還沒找到的六顆靈石，已經在他手裡。」

「可是……以我們現在的狀況，跟他正面衝突，有把握嗎？」

「那我們現在要怎麼辦？」

嬴琦璇先是擁抱蚩尤，然後拿下背在身後的干將，微笑說道：「我知道你在焦急。我們走吧，回越王之墓，我會陪你戰鬥到底。」

「我明白了。」蚩尤也微笑著。

越王之墓已經崩塌，旁邊原本栽種整齊的桂花樹，此時每一棵都東倒西歪，鴉群早就逃得不見蹤影，隨處可見燃燒的火焰貪婪地噬著這片土地上的草木。

魃站在陵墓的左邊，項羿則是和他召喚出的神獸——白虎、青龍以及玄武，站在陵墓右邊，僵持不下。

「你的能力只能趁混戰的時候把關非殺了嗎？」魃一臉失望，「真無趣。」

「少嘴硬，妳已經撐不了多久，」項羿指揮三隻神獸向前，和魃交戰起來，「妳以為這就是我全部的實力嗎？」

「那你又以為——」魃臨危不亂，「我有在認真對付你嗎？」

項羿沒有答話，從口袋中拿出朱雀的召喚石，扔向空中。朱雀來得正是時候，才戰鬥沒多久，魃就在四神獸的猛攻之下節節敗退。

「以眾欺寡，哪能這樣白白受你挨打？」魃一邊閃避，一邊仰天，「你可以出手了吧？」

這時從雲際飛出一名男人，人面鳥身，雙耳各掛青蛇，雙爪上各纏紅蛇，落在魃身邊答道：「是啊，再不幫忙，妳就要沒命了。」

「禺強，你和我奉命鎮守太虛幻境，」魃有點不悅，「此人想要破壞玥昀之陣，快將他收拾掉吧。」

「糟糕……對手是水神禺強和天女魃，看來沒那麼容易結束這場戰鬥了。」項羿聳肩。

「就算你知道他是誰也無濟於事。」

魃和禺強立刻上前，和四神獸交戰起來。禺強雖然是初入戰鬥，但很快就掌握了情勢，與魃合作無間。只見白虎不小心被禺強逮到，猛力一抓，扔了過去砸到玄武。玄武此時已剩沒多少力量，被這突然的衝擊打中，立刻變回召喚石，飛到項羿的手裡；青龍則是一邊掩護白虎，一邊衝了過去，準備召出雷電打在魃身上，禺強從旁邊奮力一躍，坐在青龍身上將牠壓制在地，狠狠揍了幾拳，青龍氣力放盡，也被打回召喚石；朱雀和白虎則是退到項羿身旁，伺機再戰。

此時禺強變出一把水斧，乘著召出的浪潮往項羿攻去，朱雀和白虎見狀，為保護主人，同時上前阻止禺強。魃趁著空隙，再度化為熱風，衝到項羿前方，迎頭便是充滿殺意的一掌，項羿連忙揮起王怨抵抗，此時卻有無首之人拿斧握盾，從土裡衝出，擋在項羿之前——魃的掌心拍在盾上，來者不為所動，魃馬上機警地退到一旁。

「刑天，居然是你……」魃難得臉色微變。

「刑天？」項羿同樣不解，和朱雀及白虎迅速後退。

「聽說你一直想要殺進天界，卻苦尋不到玥昀之陣，你還不死心嗎？」禺強來到魃身邊，看著刑天，「還是你想再死一次？」

刑天大笑，不理會魃和禺強，轉身看著項羿，說道：「看來你知道玥昀之陣在什麼地方，你要跟我合作嗎？」

「那就把他們解決掉吧。」項羿點頭。

「作夢！」禺強揮斧殺來，目標刑天後心。

刑天回身以盾相拒，一旁的白虎見有機可趁，奮力一躍，將禺強攔腰壓制，魃急忙來救，朱雀就從喙中吐出火焰攻去，只見魃毫不畏懼，將燒來的火焰化為虛無。

「以火攻火……可惜對我起不了作用。」

魃語畢，從右手中燃起跟朱雀一樣的火焰，朝白虎和刑天而去，白虎閃避不及，帶傷低吼數聲，再次退回項羿身旁，而刑天躲在盾後，擋下了火焰。

「我不想再消磨下去了！」禺強起身，將雙掌重重擊地，「咒水啊，吞噬萬物吧！」

「不，禺強你快住手！」魃出聲阻止，卻徒勞無功。

只見項羿和刑天後方，沖來丈高的浪濤，項羿迅速收回白虎和朱雀，召出氣力所剩無幾的青龍，乘著飛到半空躲避。刑天完全沒想到禺強有這一手，很快就被浪濤捲入。魃則是看著失控的禺強，露出慘笑，和刑天一樣，無奈地接受了被洪流吞噬的結局。

浪濤遠遠退去之後，潛伏的禺強從泥水中起身，項羿並未放過進攻的大好機會，召出四神獸——東有青龍，西有白虎，南有朱雀，北有玄武，包圍住他。

「看來……我是失策了，雖然滅了刑天，卻錯殺了魃，」禺強環顧，「還將喪失性命……」

「我會送你去見魃的。」項羿冷笑。

不待禺強回話，四神獸就衝往禺強之處，各自變作綠光、白光、紅光和黑光，幾乎同時，擦過禺強身邊，站定，禺強愣了一下，大叫一聲，化為塵埃。項羿深深吐了一口氣，收回四神獸。

一陣死戰後，項羿坐在地上，休息了近三十分鐘，從口袋中拿出他目前得到的五個靈石——天藍，橙黃，鐵灰，金黃，桃紅，心裡猜測剩下的九個靈石，應該在蚩尤和嬴琦璇手上，只是他們不知去向，事情變得很棘手。這時項羿察覺到有人向自己走來，於是他迅速地將石頭收好，站了起來，對著眼前的來人說道：「你終於來啦？」

「你讓我找得很久，要不是我剛剛在附近感應到四神獸的靈力，判定方向之後趕來，不然我真的不知道什麼時候才能找到你。」來人笑著，「琦璇呢？」

「嬴淵，你怎麼跟我要女兒？你應該跟蚩尤去要吧？」

嬴淵二話不說，拿出召喚石，召出一隻其形似鹿，有角，有尾，身披鱗甲的獸。牠的四肢沒有踏在地上，而是距離地面十幾公分，牠的出現，讓周遭蔓延一股嚴肅的氣氛。

「麒麟……」項羿感到頭痛，四神獸只剩朱雀能夠全力一戰，而光憑朱雀是絕對打不過麒麟的。項羿轉身，打算伺機逃跑，卻發現自己的師父——柳向風擋住了去路。

「項羿，難得再見，不敘敘舊就要離開嗎？」柳向風召出一隻光彩奪目的巨鳥，巨鳥額上有德字，翅膀上有順字，胸脯上有仁字，背上有義字，氣氛頓時又變得很祥和。

「麒麟和鳳凰？」項羿大笑起來，「你們要置我於死地嗎？」

嬴淵絲毫不敢大意，說道：「在這裡做個結束吧。」

「那就來吧。」

項羿拿出四神獸的召喚石，一手將全部扔到空中——玄武和白虎擋在前方，跟麒麟對峙，朱雀和青龍則是護在後方，和鳳凰僵持。嬴淵一心想要替師父清理門戶，於是馬上指揮麒麟跟玄武與白虎戰鬥，柳向風見狀，也立刻指使鳳凰和朱雀及青龍搏鬥起來。

項羿深知用不了多久，玄武和青龍就會潰敗，所以他趁著四神獸和兩聖獸混戰的機會，扯下戴在頸上的暗綠色玉珮，用力朝腳邊摔個粉碎，從中召出一隻巨鳥，這隻巨鳥渾身青色，長著紅色的尾巴。嬴淵和柳向風一看見項羿召出此鳥，各自在心裡暗暗叫糟——果不其然，這巨鳥隨即鳴叫起來，叫聲淒厲如女子號哭，懾人心魄，四神獸和兩聖獸痛苦地顫抖，完全不能自主，而嬴淵和柳向風也無法動作，只能硬撐站在原處看著項羿。

項羿也感到十分痛苦，但他不得不使用這效果只有一次的保命召喚石，他趁此難得的機會，硬是以意志力讓自己坐上了巨鳥，喘著氣命令道：「咳……滅蒙，走吧。」

滅蒙等項羿坐上自己的背後，就停止叫聲，立刻振翅迅速向北方飛去，留下已經半跪在地的嬴淵和柳向風，以及又展開激戰的四神獸和兩聖獸。

「可惡，被他逃掉了……」嬴淵盤坐在地，不甘心的捶了地面一下。

「我們還是先解決四神獸再說吧。」柳向風走到嬴淵身邊，「不過看起來，四神獸被項羿當作棄子，留在這裡拖延時間。」

「那是他戰鬥的主力，他怎麼會這麼輕易就放掉？」

「他剛剛一定有跟誰發生過激烈的衝突，很明顯的，青龍和玄武，還有白虎的靈力太微弱了。」

柳向風抽出背後的太阿，召出五團如汽車輪胎般大的火球揮向白虎，正在和白虎纏鬥的麒麟早就察覺而閃到一邊，白虎則是遲疑了一會，隨即被火球全數擊中，低吼了一聲，化作滿天飛雪散去。

「好像只剩朱雀能打，到底發生了什麼事……」嬴淵也抽出背後的龍泉，從地底召出三道冽泉，圍繞著青龍，不待青龍突圍，三道冽泉馬上捲向青龍，青龍無法完全閃避，變成一陣綠色的亮光四落。

麒麟見白虎已死，便全力和玄武戰鬥起來，氣力早已所剩無幾的玄武哪是麒麟的對手。在猛攻三次麒麟頸部不成後，使不上力，麒麟抓準機會，前腳揚起，用力朝玄武的龜甲上一踏，玄武當場陣亡，化成一團灰色的濃霧沉入地下。

鳳凰則是和朱雀飛在半空中來回交戰，互不相讓，只見朱雀一下振翅朝鳳凰散去一陣陣的火浪，一下從口中吐出烈火，攻勢著著進逼，鳳凰則是沉穩應戰，一直閃避。麒麟見狀，立刻趕來助戰，轉移朱雀的猛攻，朱雀哪堪麒麟和鳳凰的夾擊，沒多久就招架不住，朝麒麟放出一陣火浪之後，便想逃走，鳳凰俯衝而下，以爪擒住朱雀的後背，直直壓落地面，朱雀哀鳴一聲，星散成點點火苗消失。

嬴淵和柳向風見四神獸已敗，就各自召回聖獸，準備討論接下來的行動。

過了半個時辰，一個悅耳的聲音從嬴淵面前遠處傳來：「老爸？」

嬴淵怎麼也想不到，嬴琦璇就這樣出現在他面前，他一時之間還會意不過來，直到嬴琦璇跑了過來，緊緊地抱著他，才明白此刻絕非夢境。

「琦璇，真的是妳。」嬴淵喜出望外，但又馬上皺起眉頭，「妳沒事吧？簡直太亂來了！倘若有何不測，誰該負責？」

「叫他啊。」嬴琦璇甜笑，轉身指著眼前的蚩尤。

「劉羽信？不，應該要這麼稱呼你——上古凶神，蚩尤。」

嬴淵抽出龍泉，揚起一道藍色的波動，朝蚩尤斬了過去，蚩尤身子略向右方一偏，躲過嬴淵突然的攻擊。

「老爸！你在幹嘛？」嬴琦璇趕緊跑回蚩尤面前，背對蚩尤，張開雙臂護著他。

「琦璇，妳過來！我要除掉這個挾持妳的禍害。」

「是我自己心甘情願跟他來的，談不上什麼挾持，而且從開始到現在，他都在保護我。」

「就憑他現在這樣的力量？」

「還沒交手過，你怎麼知道？」蚩尤從左臂拿出了歧焱。

「蚩尤？你幹嘛……」嬴琦璇轉身看著他。

「琦璇，讓開。」嬴淵雙手握緊了龍泉，衝向蚩尤。

「得罪了，琦璇老爸。」蚩尤繞過嬴琦璇，雙手握緊歧焱迎向嬴淵。

嬴淵一個旋身，龍泉直攻蚩尤胸臆，蚩尤立刻以歧焱擋開，再趁勢回擊——以右手單舉歧焱朝嬴淵面上劈去，嬴淵連忙低身閃到一邊，龍泉向上一指，一道洌泉就從蚩尤面前衝出，蚩尤也機警地向後避開，揮出一道紅色的波動朝嬴淵而去，只見洌泉和波動衝擊在一處，震得地面撼動十幾秒。

「難纏，不過我不會輸的。」

嬴淵持著龍泉，直直向蚩尤殺去，蚩尤也不迴避，用歧焱抵住龍泉，兩人就這樣面對面僵持。嬴淵想要速戰速決，虛晃一招，退到一旁，再一口氣召出五條水柱，從五個方向朝蚩尤捲去。蚩尤先是幾個跳躍閃過了從後方及側面襲來的四條水柱，但面對正前方的水柱，他卻選擇不避開，讓水柱完全命中他的胸膛。

「咳——！」蚩尤咬牙撐著歧焱，半跪在地，嘴角流出了血，「咳咳……咳……」

「蚩尤！」嬴琦璇連忙跑到蚩尤身邊，蹲下身，「你沒事吧？」

「沒事……咳，放心吧。」

蚩尤笑著，可是又咳出了好幾口血。

「你為什麼不躲開？」嬴淵走了過來，與蚩尤面對面，以得勝的口吻問著，「憑你的身手，是可以完全躲過的。」

「蚩尤剛剛如果避開，水柱就會打到琦璇。」柳向風也走了過來，召出鳳凰，以一道潔白的光輝替蚩尤療傷，「嬴淵，你輸了，你沒看清楚後果會如何，而蚩尤很清楚地發現了。」

「這……」嬴淵冷汗直冒。

「蚩尤，你到太虛幻境，是為了十四靈石嗎？」柳向風看著蚩尤，正色說道。

「是的，而你們……又是為了什麼？」蚩尤反問。

「我們在尋找叫項羿的人，阻止他的野心。」嬴淵回答。

「項羿？」蚩尤和嬴琦璇同聲驚訝。

「他是我的弟子，也是嬴淵的師弟。他想得到十四靈石，去天界奪取他想要的東西，好讓他毀滅世界。而我們就是為了阻止他的目的，以及找回琦璇，才來到這裡。」柳向風緩緩解釋，

「你又為什麼要得到十四靈石？」

「為了我族的恨，向黃帝復仇。」蚩尤站了起來，壓抑略為激動的情緒，「所以我需要強大的力量。」

「還有一件事，」嬴琦璇補充道，「我們遇過好幾次項羿。」

「那下次再見就是他將死之日。」嬴淵肯定地一笑，「我們剛剛有和他展開交戰，他的四神

獸已經全部陣亡，逃命用的滅蒙鳥也拿出來用了，可以說他完全失去戰鬥力量。而我們現在得趕回人間界做好準備，就怕他會逃回去。」

「所以老爸你們不跟我們走嗎？」嬴琦璇微微皺起眉頭，「有你們的力量在，我們也比較不會怕遇到項羿。」

「琦璇妳會這麼想，也是無可厚非。」嬴淵拿出麒麟的召喚石，微笑著交給嬴琦璇，「妳潛在的靈力在我之上，妳絕對能夠駕馭麒麟，遇到危險時，把石頭朝上一丟，麒麟將聽候妳的差遣。」

「老爸，謝謝你。」嬴琦璇接過召喚石，收到口袋裡。

「那我們先走了，你們萬事多加小心。」嬴淵看著蚩尤，「我知道我是不可能說服琦璇回去的，琦璇就拜託你了，蚩尤。」

蚩尤用堅定的語氣回答：「我會好好保護她的，不會讓她受到傷害。」

【第玖章・不測】

因為知道項羿是出了名的工於心計，在離開之前，嬴淵還是忍不住再三囑咐蚩尤和嬴琦璇，遇到項羿時切勿被他牽著鼻子走，除了用力量壓制他，還須以智慧輔助，而蚩尤和嬴琦璇正好可以各司其職。直到蚩尤和嬴琦璇連連答應之後，嬴淵才放心和柳向風乘著鳳凰離開。

「嗯……」嬴琦璇看著鳳凰消失在天際，「剩下的靈石應該都在項羿身上了。」

蚩尤搖頭說道：「只是我們現在該去哪裡找他？」

「要不要去玥昀之陣看看？」一隻蝴蝶像落花般停在蚩尤肩上，「那裡是通往天界的道路。」

「莊周，你一定知道在哪。」嬴琦璇看著蝴蝶微笑，「我們需要你的幫忙。」

「那我們啟程吧。」

蝴蝶答話後翩翩落地——莊周變回人身，鵟鵬從他的體內飛了出來。三人就乘著鵟鵬直升高空，往北方飛去。

三人在鵟鵬背上聊著，過了約兩刻，他們看見地面有一大片黃澄澄的軍隊，正在追殺著一群看似敗逃的黑色軍隊。

嬴琦璇一邊看著，一邊好奇地說道：「下面在發生大戰嗎？」

「好像是。」莊周透過霣鵬的雙眼看著地面，「從旗幟上看來，分別是唐軍和秦軍。」

「秦軍？指揮的主帥是誰？莊周，你看得到嗎？」

「這還不簡單，找逃亡在最前方的人就知道了。」莊周搜尋一陣，「那看似主帥的人……雖然處於敗逃，仍然威嚴十足。他有著鷹勾一樣的鼻子，細長的眼睛帶著陰沉的目光，看起來城府頗深。所乘的戰車上的旗幟為『嬴』。」

「『嬴』？會是嬴政親自掛帥嗎？蚩尤，我們下去救援秦軍！」

「我覺得有點麻煩，但妳都這麼說了，就去救吧。」

蚩尤應聲，抽出歧焱看了下莊周，而莊周也會意，立刻指使霣鵬快速下降，在距離地面不到兩公尺的時候，蚩尤便跳下去，對著唐軍大殺起來，歧焱發出的紅色波動一掃過去，馬上一排人頭落地亂滾；嬴琦璇也在霣鵬停留地面的時候，跳下霣鵬，雙手持著干將朝唐軍士卒展開戰鬥，唐軍士卒將嬴琦璇圍在核心，嬴琦璇使出苦練多年的劍法，只見干將如一道刺眼的白光迅速無比，傾刻間就倒下十幾個士卒，其他的士卒眼見無法抵擋干將的鋒利，無一人敢靠近嬴琦璇；莊周則是乘著霣鵬，在唐軍中橫衝直撞，撞得人仰馬翻。唐軍前鋒被嬴琦璇三人一攪亂，戰意全失，紛紛向中軍潰退。

唐軍中軍卻發動一場箭雨，企圖壓住陣腳——將擅自撤退的唐軍一個個亂箭射死。而從後方趕抵的唐軍中軍，訓練有素地停了下來——步兵隊持盾半跪，排成一道堅固的人牆；弓兵隊將箭上弦，將目標鎖定在嬴琦璇三人身上；騎兵隊勒馬以待，右手持著長槍的動作整齊劃一。嬴琦璇和蚩尤仍持著武器防備，莊周則是召回了霣鵬。

這時，唐軍自動從中間讓出一條道路，有兩人並轡而來。左方那人，身著戎裝，體型健壯魁梧，虎頭燕頷，從樣貌看來並非漢人；右方那人，穿著紫袍，中等身材，一副自傲的神情，讓人看了感到厭惡。

「人人都說：祿山精兵，天下莫及。怎麼全軍被三個人給擋在這裡了？」紫袍男子向身邊的將領調侃說道。

「我倒是聽說，再良好的馬鞭，也有打不到的地方。」安祿山冷冷地回答，「楊國忠，你別忘了我當初的大軍，可是讓唐朝受到重創。」

「但此時各鎮節度使的心是向著陛下的。」楊國忠嘴角微揚，「你若有反意，只是自尋死路。」

「哼，我雖胡人，也明白何謂前車之鑑。」

「話倒是說得挺中聽的，不過此回作戰，目標是活捉嬴政，現在大軍被阻擋在這，嬴政想必也早就逃得無影無蹤了。」

「沒錯，我要親自殺了那三個混帳。」安祿山跳下馬來，虎步走向嬴琦璇等人，「以洩我心頭之恨。」

「你們聽到了嗎？」嬴琦璇轉頭看著蚩尤和莊周，「安祿山和楊國忠的對話說這場戰爭要活捉嬴政。」

「所以妳非幫不可了。」蚩尤抓了抓頭髮，「不過安祿山看起來不是個簡單的人物。」

「小心，安祿山衝過來了！」莊周一邊提醒，一邊召出泱鯤向前衝去，準備撞倒他。

「憑這也想擋我？」安祿山抽出腰際一把刀身鑲嵌一顆灰白色石頭的墨綠色戰刀，指著泱鯤。

已經衝到安祿山面前的泱鯤，卻像被石化般停在原處，直到安祿山手中的戰刀一刀砍傷牠左鰭，泱鯤才彷彿被解開束縛一樣，忍痛迅速退回莊周的胸臆裡。

「怎麼會？」莊周原先輕鬆的神色，嚴肅起來，「這是泱鯤……第一次受到傷害。」

「邪刀『魄翳』，直指對方時，可以封鎖住七竅，也就是所有的知覺。」安祿山如打算嗜血的狼，「單挑，我還沒輸過。」

「那我倒想領教看看！」蚩尤拿著歧焱衝向安祿山。

「喂！等等……」嬴琦璇追了過去。

安祿山放聲大笑：「送上門來的野兔，獵鷹不會坐視不管。」

安祿山隨即以魄翳指著蚩尤，蚩尤立刻僵在原地，完全使不出力，只能眼睜睜看著安祿山奔向自己，就在魄翳朝蚩尤胸前砍去時，嬴琦璇及時趕到，用干將擋下攻擊，也趁勢借力使力，反將安祿山逼退幾步，而蚩尤也得以解脫。

「妳這女人居然也會武藝。」安祿山一邊看著嬴琦璇，一邊拿著魄翳砍向她，「但是戰鬥不是兒戲！」

「也讓我陪你玩玩吧。」蚩尤上前，以歧焱抵住魄翳的砍擊。

「你就這麼不怕死嗎？」

「還有我。」

嬴琦璇說完便從旁斬來，安祿山閃到一邊，而蚩尤也緊接著出招，讓安祿山毫無反擊的機會，一連反覆五十幾個回合。安祿山漸漸支撐不住，在後面觀戰的楊國忠，見勢不妙，立刻催動大軍掩殺過來，頃刻間，唐軍震動整片大地，在這千鈞一髮之際，莊周乘著賁鵬，救走嬴琦璇和蚩尤，飛到弓矢射不到的上空盤旋著。

「謝謝，莊周。」嬴琦璇喘著氣，「安祿山太難對付了。」

「問題在於那成千上萬的唐軍。」蚩尤流著汗分析著，「不然以我們互相掩護的打法，是能夠牽制住安祿山，進而打敗他的。」

「你們有發現嗎？魄翳刀身上的石頭……」莊周補了一句。

「無庸置疑，那是十四靈石。」蚩尤肯定地說，「非打倒安祿山不可。」

「莊周，泱鯤的傷勢如何？」嬴琦璇說道。

「泱鯤歇一會就好了。」莊周擺手。

「現在有個最簡單的辦法。」蚩尤難得動腦，「莊周，等到泱鯤恢復，你再召出，琦璇，妳召出麒麟吧，然後莊周你就帶領泱鯤、賁鵬以及麒麟，去壓制住唐軍，我和琦璇去找安祿山對決。」

「贊成。」嬴琦璇和莊周異口同聲。

嬴琦璇三人乘著霣鵬，在唐軍上空盤旋，而安祿山也沒有退兵的跡象，似乎打定主意等他們下來。過了一會，莊周認為泱鯤已經痊癒，便召了出來，同時指使霣鵬降落。嚴陣以待的唐軍見狀，警戒的姿態更加確實，只要安祿山一聲令下，強弓硬弩搭好的箭，就會一齊射向霣鵬。

但安祿山並未下任何指示，只是冷酷地注視著霣鵬降落在唐軍前方。蚩尤先跳下霣鵬，然後扶著嬴琦璇下來，莊周仍然待在霣鵬背上，一旁的泱鯤鬥志十分高昂。

這時，嬴琦璇拿出麒麟的召喚石，按照嬴淵的指示，向上一丟，麒麟就現身於嬴琦璇身旁，威風凜凜。

「看起來，你們是陰陽家？」安祿山臉色一沉，他深知唐軍無法抵抗這三隻異獸，就算這支部隊是他本人嚴格訓練出來殺人絲毫不眨眼的精兵，軍心也早已大大動搖，隨時都會不戰而退。

敏銳的嬴琦璇，馬上以此威脅對方，高聲說道：「怎麼？害怕了嗎？交出魄翳，我可以讓麒麟不攻擊你們。」

「麒、麟……？」楊國忠聞言，不禁膽寒起來，立刻勒馬轉右，向身邊的安祿山懇求，「安祿山，快、快點！把武器交出，他們要什麼給他們便是。」

「好吧。」安祿山看著嬴琦璇，手裡的魄翳從右手換到左手，然後看也不看就朝左邊——楊國忠所在的位置奮力擲去，那魄翳已是極為鋒利的刀刃，加上安祿山手勁發狠，用意即在取人性命，楊國忠大驚，想要閃避哪來得及，立刻被魄翳射穿前胸，墜馬而亡。

「你幹嘛要殺他？」蚩尤拿著歧焱，護在嬴琦璇之前。

「誰喜歡飛蟲在耳旁揮之不去？」安祿山也不下馬，只見他手勢一招，魄翳就從地上慢慢飛起，回到他的右手，「想要得到魄翳，就打倒我吧。」

「如你所願。」

蚩尤應聲，和嬴琦璇衝向安祿山。而莊周也指揮霣鵬和泱鯤，跟著麒麟對蜂擁前來護主的唐軍展開衝殺。只見霣鵬雙翅一振，冷風寥戾捲起，風勢激烈地吹向左方的唐軍；泱鯤大口一張，海水奔瀉而出，水勢洶湧地沖亂右方的唐軍；麒麟更是如入無人之境，在唐軍中央四散蒼翠的光芒，凡被照射到的唐軍，盡皆當場倒地不起。安祿山正和蚩尤及嬴琦璇惡鬥半晌，餘光瞧見唐軍潰不成軍，想到養兵千日，用在一時，卻無法指望唐軍前來支援自己，怒氣攻心，持刀對嬴琦璇猛砍過去。

嬴琦璇雖會劍法，此刻卻因為魄翳的關係而無法挺劍防禦，僵在原地，所幸蚩尤馬上以歧焱來擋，登時火光迸濺，嬴琦璇這才得以脫身，隨即把干將劍鋒一轉，直刺安祿山右脅。

安祿山見狀，自知不妙，想要收刀抵禦，但蚩尤用歧焱死命地壓制住魄翳，安祿山只得棄刀，身子向後轉身閃避，才免於嬴琦璇的攻擊。蚩尤眼見魄翳落地，心中大喜，連忙伸手要撿，卻忘了安祿山能以手勢引刀，安祿山右手一揚，魄翳隨即回到右手。

蚩尤撲了個空，暗暗自責不應該伸手撿刀，而是趁勢追擊，先殺了安祿山再說，這下反中了安祿山的金蟬脫殼。

「我安祿山沙場縱橫馳騁，沒有一次像方才那麼凶險。」安祿山滿臉冷汗，「你們為何想要得到魄翳？」

蚩尤見安祿山發問，心想也許可以交涉，犯不著和他拼命，同時也靈光一閃，於是便解釋道：「不是要刀本身，我們要的是鑲嵌於上的石頭。」

安祿山喘了口氣，答道：「石頭？這石頭是魄翳奇異力量的來源，給了你，魄翳就與一般刀別無兩樣。」

「既然如此，我們來做交換。」蚩尤揮了揮歧焱，「我這把刀，力量可是比魄翳還強上百倍，只是還沒讓你見識罷了。」

「你要我如何相信？」

「你看好了。」

蚩尤語畢，舉起歧焱一揮，一道紅色波動就從安祿山左邊掠過，將十幾個殺開血路，欲來幫助安祿山的唐軍士兵盡數殺死。

「果然驚人，我這條命算是撿回來的。不過你別耍花樣，要換刀，你先把刀扔到我腳邊。」

「這有什麼難的。」蚩尤笑道。

嬴琦璇連忙叫道：「喂！你在做什麼！」

但蚩尤只是使了個眼色，示意嬴琦璇只管安心，然後把歧焱扔到安祿山腳邊。安祿山見蚩尤沒有使詐，也二話不說，把魄翳扔到蚩尤腳邊，伸手去撿歧焱，誰知一碰到歧焱，立刻被高溫燙得縮回了手，心知中計，打算引回魄翳，卻見蚩尤早就將靈石拆下，魄翳再也不聽自己使喚了。

「你竟敢……戲弄我！」安祿山暴跳如雷，連奔幾個箭步，雙拳朝著蚩尤身上打去，蚩尤閃到一邊，安祿山雙拳擊在地上，竟砸出兩個人頭般大的窟窿。

蚩尤一驚，沒想到安祿山有如此蠻力，馬上拿著魄翳朝安祿山左肩砍去，安祿山也不迴避，讓魄翳砍進自己左肩，忍住傷痛，右手以迅雷不及掩耳的速度抓住了蚩尤的右腕。這時安祿山卻感到後心一陣沁寒，原來嬴琦璇趁此空隙，以干將從後刺入了安祿山體內，正中心窩。安祿山大叫一聲，鬆開抓住蚩尤右腕的手，倒在地上口吐鮮血不止，沒多久就化為塵土，隨風無蹤。

「看來你們也剛打完。」莊周乘著霣鵬，帶著麒麟回來，「唐軍已經被我趕走了。」

「終於贏了。」蚩尤鬆了一口氣，先是撿回歧焱，然後把灰白色的靈石交給嬴琦璇。

嬴琦璇把干將收入劍鞘，接過靈石，放進包包裡，說道：「這樣靈石還剩下五顆，也許都在項羿手上……我們繼續前往玥昀之陣吧。」

蚩尤點頭：「走吧，這是唯一的路了。」

霣鵬一路北飛，沒多久便到了一處虛空之池旁降落，嬴琦璇和蚩尤下了霣鵬。

莊周召回霣鵬後變化成蝶，停在蚩尤肩上說道：「我的靈力也用得差不多了，沒有餘力再幫你們，就送你們到這。此去是福是禍，誰都無法預料，你們多加小心。」

「你也是。」嬴琦璇看著蝴蝶，莞爾一笑，「保重。」

「祝你們大事可成。」

蝴蝶語畢，翩然而起，在空中落了幾翻，接觸到地面的那一剎那，化作如彩虹般的光芒，沖天而去，沒入雲霄。

待回過神，蚩尤牽著嬴琦璇，往虛空之池踏入：「等等出了虛空之池，馬上提高警覺。」

「我明白。」

兩人踏進虛空之池，感受著時空轉換必然的波動。不同以往的是，這次的虛空之池，剛一進入，就有極為嚴寒的溫度襲及全身，讓兩人都不禁打了個冷顫。過了不久，傳送兩人的波動突然停下，嬴琦璇和蚩尤站在原處，看見前方十數步外，有一位老人——顏色憔悴，形容枯槁，穿著寬大而半舊的衣服，戴著高又破的帽子，佩著長劍，站在那裡，愣怔地看著前方一塊淡綠色，半透明有光澤，如碑大小的石頭，而石上刻著一「楚」字。兩人正想趨近，那老人突然仰面長嘆，然後放聲痛哭，嬴琦璇和蚩尤面面相覷，老人哭了一會，陣陣冷笑起來。

嬴琦璇對老人的來歷，已猜著幾分，說道：「白起攻破郢都，楚國至此將亡。」

老人聞言，緩緩轉頭看著嬴琦璇，回道：「誰都挽救不了……」

「你不是三閭大夫嗎？怎麼會在這裡？」

「我為什麼會在這裡？小姑娘，妳既然能認出我，想必是清楚我的結局。」屈原神色哀戚，「這裡……是汨羅江底下另一個世界。」

「難道你一直在這裡徘徊？」

屈原走到那淡綠的石頭面前，說道：「我知道這就是出口，觸摸之後就能離開此處，但我一直在想，出去還是不出去，何者比較好？」

蚩尤牽著嬴琦璇走到屈原身後，問道：「知道有路可走，卻不前進，這不是很傻嗎？」

「比起我，大王……不是更傻嗎？為什麼總是做些令人傷心的事？」屈原眼裡再度湧出兩行清淚，滑下瘦削的頰骨。

「更傷心的是自武關之約後，你和他從此生死兩隔。」嬴琦璇搖搖頭，「他愚昧到辜負你，只能說客死秦國是他咎由自取，你不必自責。」

「小姑娘，大王不是妳想得那樣……他意氣風發，也是個擁有改革之心，力圖霸業的國君……」

屈原還想為懷王辯解什麼，嬴琦璇卻接過他的話頭，說道：「只是那都是曾經，唯一能詮釋他平生的只有昏君兩字。」

屈原默然不語。他知道這是無法改變的事實，但懷王再如何恣意而為，還是自己的王，那個讓自己懸念一生的王。

「告辭了……三閭大夫。」

嬴琦璇拉著蚩尤，繞過屈原向前走了兩三步，伸手就要觸及那淡綠之石，只聽見屈原問道：「什麼是真正的心？」

「真正的心，就是誠實面對自己，找出什麼才是你在乎的事情。」嬴琦璇嫣然一笑，回首答道。

「妳的意思應該是九死未悔吧……」屈原方寸之地，頃刻萬緒，「是了……我不再迷惑了。」屈原抽出長劍，上前將淡綠之石一分為二，瞬間虛空之池的波動洶湧起來，而被斬開的淡綠之石，緩緩地變小。

面對屈原的舉動，嬴琦璇和蚩尤不知如何是好。

蚩尤靠近屈原，不解地說：「你在做什麼？」

屈原啞然失笑：「我再也不需要出去了……讓我永沉此處吧。」

嬴琦璇和蚩尤聽完，神色皆驚。蚩尤連忙牽著嬴琦璇，觸及右邊的淡綠之石，他們瞬間被吸了進去，耳邊傳來屈原陣陣的笑聲……

經過墨綠色的波動，嬴琦璇和蚩尤出了虛空之池，兩人向後轉身，只見虛空之池漸漸地乾涸，消失在他們眼裡。

「差點就出不來了……」蚩尤不禁搖頭，「何必用如此決絕的方式？」

嬴琦璇聳肩：「也許這是他唯一能自主的事吧。話說回來，他一直執著不放棄的信念，卻得不到最在乎的人的認同，也很可憐。」

蚩尤無意再探究屈原的決心，向四周看了看，發現東北方不遠處，有一堆大小不一的亂石，但最引人注目的是，有兩個將近兩層樓高的巨石矗立著，左邊的巨石上頭刻著一個大大的「玥」字，右邊的巨石則是刻著一個大大的「昀」字，但兩個字似乎都被銳利的東西給破壞過，不是那麼清楚辨識。

兩人走到亂石堆前，蚩尤看見有一個形狀宛如方鼎的石頭，就走進亂石堆中將它拿起。不料這一拿，一座高山從兩人前方拔地而起，斜斜地直入雲端，而山的中間有一條白色的階梯，似乎可以從此走到天界。

嬴琦璇和蚩尤正在驚疑之際，有人從昀字巨石後閃了出來，兩人定睛一看，竟是項羿。

項羿抽出王怨，說道：「果然等到你們了。」

蚩尤馬上拿出歧焱，指著項羿，回道：「我們正要找你。」

「是為了十四靈石吧？你們以為打得過我嗎？」

「你少在那邊故弄玄虛了，你早就被我老爸和柳老打得大敗。」嬴琦璇握著干將，逼近項羿，「你把靈石都交出來，就放你一條生路。」

「妳以為這樣我就會屈服嗎？」

項羿口中喃喃唸咒，亂石群居然一個接一個飛舞了起來，向嬴琦璇和蚩尤襲擊過去，蚩尤見狀，連忙揮動歧焱格開亂石的攻擊。嬴琦璇雖然也舞著干將抵擋著，但亂石群各個迅速，嬴琦璇勉強擋了一陣，一不小心就被一個拳頭般大小的石頭擊中後腦，昏倒在地。

項羿露出得意之色，趁蚩尤無暇救援嬴琦璇的時候，身手矯捷地奪走嬴琦璇的包包，退到階梯前，一邊警戒蚩尤的動態，一邊把包包裡的靈石給收走。

「琦璇！」蚩尤總算把亂石群都擊碎，跑到嬴琦璇身邊搖著她。

「嗯……好痛，」嬴琦璇緩緩甦醒過來，也意識到自己的包包已經被搶走，對著項羿杏眼圓睜，「把我的包包還來！」

「好啊，還妳包包，這不成問題。再見了，感謝你們送上門來的禮物。」項羿哈哈大笑，把包包丟到蚩尤腳邊，轉身踏著階梯朝頂端跑去。

「你這混帳！別逃！」蚩尤想要動身去追，又擔心嬴琦璇是否受傷，「妳還好嗎？有沒有怎樣？」

「我沒什麼事，你趕快去追他！」嬴琦璇坐了起來，右手摸摸自己的後腦，左手指著項羿漸行漸遠的背影，「我會去找你的。」

「嗯，好，妳要照顧好自己。」蚩尤先是看了下嬴琦璇，確定她意識清楚之後，才轉身前去追逐項羿。

項羿奪去費盡千辛萬苦才蒐集到的八顆靈石，蚩尤心急如焚，加快腳步，想要早點追上項羿。蚩尤追了一陣，只見項羿停在原地，心生疑竇，遂放慢腳步走向項羿。兩人距離還有十幾步時，蚩尤便停了下來，想要看項羿究竟做什麼。

項羿也沒有什麼動作，只是一直盯著蚩尤手裡的歧焱看，良久，才將目光和蚩尤雙眼對上，說道：「你那把刀，是十四靈石之一吧？」

「怎麼？你的劍不是也很厲害嗎？」蚩尤擺出準備戰鬥的姿態。

「難怪我算來算去，十四靈石只有十三顆，原來你已經吃下據說可以化為神兵的靈石。」

「那你想要這把刀嗎？你以為你現在能打倒我？」

「不需要，我不缺那顆神兵靈石。」項羿淡淡笑著，「我如果吃下這十三顆靈石，要解決你簡直易如反掌。不過，現在還不是時候。」

「那你也沒有機會了。」

蚩尤話音剛落，立刻雙手握緊歧焱，朝項羿衝了過去，項羿也不迴避，拿著王怨接住蚩尤的正面攻擊，奮力一揮將歧焱格開，然後迅速倒退幾步，蚩尤遲疑了一下，只見項羿從口袋中拿出一塊紫色石頭。蚩尤總覺得好像在哪裡看過，一時之間也想不起來，正欲上前追擊，項羿唸咒，紫色石頭就化作一道強烈的紫光，落在項羿面前。

蚩尤定睛細看——在他面前出現了一名有深咖啡色的長髮，一對青綠色的羽翼，而其他部分都是人身的鳥人。

「女、女娃？」蚩尤又驚又喜，「原來妳沒事！」

「蚩尤大哥……」女娃原本燦如星辰的雙眼，黯然無光，「對不起，女娃給你添麻煩了……」

「什麼添麻煩？快過來我身邊，那傢伙就交給我收拾！」

「她已經中了我的傀心術，除非你殺了她，或是殺了我，不然就算你們認識，她的身體也只會向你展開攻擊。」項羿放聲縱笑，肆無忌憚，「恐怕你得先收拾你的戰友了。」

蚩尤尚未會意，女娃已經操著厹矛，朝蚩尤胸臆刺了過去，口中仍然重複說道：「蚩尤大哥……對不起，女娃給你添麻煩了……」

蚩尤急忙閃避，正想衝上前逮住項羿並殺了他，卻看見項羿早就繼續踏著階梯往頂端跑去，而蚩尤這樣一分神，女娃馬上又朝要害攻擊過來，讓蚩尤不得不以歧焱擋下，並揮出紅色波動反擊，女娃見狀，也巧妙地閃過，退了十幾步，雙手持著厹矛護在胸前防禦。

即使已經知道女娃中了項羿的傀心術，蚩尤仍然不死心，皺眉說道：「女娃，妳醒醒好嗎？快停止攻擊，我不是你的敵人啊！」

「蚩尤大哥……我一直都很清醒，我也想停止攻擊。」女娃慘然一笑，「但是我控制不了自己的行動，要我攻擊你，真的……請你殺了我。」

「說什麼傻話！要殺也是殺了項羿！妳別慌，在這裡等我，我馬上去追他。」

女娃不語，也沒有任何動作，仍然持著厹矛護在胸前，蚩尤見狀，以為傀心術其實也能用言語解除，女娃已經恢復。於是他繞過女娃，向階梯頂端跑去。蚩尤跑了幾十階，感覺到一股殺意從背後傳來，急忙回身應戰，只見女娃振翅追來，沒多久就殺到蚩尤面前，朝臉上虛刺。蚩尤舉起歧焱欲擋之時，女娃身子一個迴轉，背對著蚩尤，用力將厹矛向後一戳，正好擊在蚩尤毫無防備的腹上，讓他不得不忍痛退了數步。

「蚩尤大哥……對不起。」女娃雖然道歉著，腳步卻逼近蚩尤，手裡的厶矛也不斷地朝蚩尤攻去，「快點，把我殺了，你我也不用再這麼痛苦的相鬥。」

「我說了，該被殺的人不是妳，也不是我。」

蚩尤一邊躲開，一邊試圖打落女娃的厶矛。女娃看穿蚩尤的意圖，也想讓他得逞，但身不由己，還是只能一邊閃避，一邊猛攻。

一來一往十幾個回合後，蚩尤覺得再如此僵持下去，項羿很可能會把十三顆靈石給服下，就狠下心來，大喝一聲，右手舉起歧焱作勢欲砍，左手卻趁機貼近女娃，重重地在女娃腹上給了一記肘擊。女娃沒有想到蚩尤居然會下此重手，瞪大雙眼，手裡的厶矛因為無力拿穩，而掉落在地，自己同時也向後摔了十幾步遠，痛苦地趴在草地上。

這一肘擊，打在女娃腹上，卻痛在蚩尤心裡，只見蚩尤神情充滿憐惜之意，說道：「女娃……我知道下手很重，但我不得不如此。」

「咳……咳咳……」女娃口吐鮮血，勉強讓自己雙膝著地跪著，抬頭看著蚩尤，臉上掛著淺笑，「我……我都知道的，蚩尤大哥，你……不必自責……」

「我有拿捏好力道，讓妳只是暫時不能行動，傷勢不會太重。等我先殺了項羿，再回來幫妳治傷，這段時間要委屈妳了。」

蚩尤說完，狠心轉身離開，他知道，再多待一分一秒，對自己對女娃都是煎熬。只是蚩尤踏上階梯跑沒多遠，就聽見女娃又振翅的聲音，他只好再次停下腳步，回身無奈地看著手持厹矛追來的女娃。

「蚩尤大哥，我的身分是什麼？」

女娃在蚩尤面前十步停了下來，笑吟吟地問，卻給人一種訣別的感覺。

「妳是女娃，炎帝的小女兒。」

「那你呢？」

「我是蚩尤，炎帝手下戰將。」

「共同之處在於？」女娃再問。

「炎帝。」

「蚩尤大哥，你和我早就有所覺悟不是嗎？背負炎帝的名號，遇到不得已的情況，只有求死，沒有苟生。」

女娃話音剛落，將厹矛負在身後，蚩尤已經明白她想要做什麼，當下並未說破，只是看著她飛向空中，接著迴旋俯衝而下。但他知道此刻絕不能被迷惑住，因為這正是他教女娃的櫻落九天。

蚩尤當然知道怎麼破解這招——若是待在原地，最後一定閃避不了女娃捨命的刺擊。於是他奮力向上一躍。

女娃笑了，她知道這是破解的方法。只見女娃身子向左旋刺，蚩尤向右，雙手握緊歧燚，由下而上，從女娃鎖骨的地方砍了進去——頓時鮮血濺滿蚩尤半臉。

蚩尤別過頭，哽噎說道：「女娃，原諒我……」

女娃被蚩尤破了櫻落九天，砍進要害，當下全身力氣放盡，沒了動作，即將直直墜向地面。蚩尤見狀，連忙伸出左手拉住女娃。落地之後，蚩尤將歧焱收回，半跪將女娃抱在懷裡，發現女娃眼神疲憊，嘴角卻揚起一絲解脫的笑容，他不知道該說什麼才好，心裡滿是愧疚。

「蚩尤大哥……謝謝你。」女娃舉起右手，摸著蚩尤已經潸然的臉頰，「是琦璇姐姐改變了你吧……你真溫柔。」

「我……我哪裡溫柔了？」

「你捨不得我繼續痛苦啊。」

「違背自己的心意去傷害對方，這就叫溫柔嗎？那我寧可被妳罵殘忍……」

「不說這個了，這是必然的結局，我不怪你，你也不要自責。」女娃笑意仍然，「就算我沒看見，我也感受得出，你很愛琦璇姐姐，請你一定要好好保護她。」

不待蚩尤答話，女娃形體就飄飄蕩蕩，一點一滴消逝，隨著一陣寒風吹過，散向天際，再也尋不著任何痕跡。蚩尤臉上的血也消失不見，他茫然地坐在地上。

這時，嬴琦璇慢慢走到蚩尤身旁，坐了下來。她早已趕到，也聽見剛剛蚩尤和女娃的生死話別，她側過身子，一生都不願再放開那樣緊緊地抱著蚩尤。

蚩尤抹去眼淚，苦笑說道：「琦璇……我殺了女娃……」

「我知道。」

「我們找路途回人間界吧……」

「你害怕，再往前走，下一個就是換我陷入危險嗎？」

「是啊。」

「當初跟你闖入這個世界之後，我也很害怕，可是我發現自己變得越來越有勇氣。只要有你，各個角落我都願意和你一起走。」嬴琦璇看著蚩尤的雙眼。

蚩尤沉默了一會，似乎已能漸漸釋懷：「謝謝妳，我不會再逃避應該要面對的挑戰了。」

「不是只有你，我也會和你一起。」嬴琦璇莞爾，站起了身，對蚩尤伸出右手。

「好，我們走吧，絕對不能讓項羿的陰謀得逞。」

蚩尤接過嬴琦璇的右手，站了起來，和嬴琦璇踏上階梯向頂端跑去。

話說項羿放出女娃抵擋蚩尤後，不到兩刻鐘的時間，就到達階梯的頂端，踩在天界的雲上。項羿還沒看清楚天界的周遭時，雲裡衝出為數近百的天界之兵，每個都持著劍，一身銀色裝備，保持二十多步的距離，將他團團圍住。

這時，一條巨鱷冷不防從項羿腳邊衝出。項羿閃到一旁，站穩腳步定睛一看，只見這條巨鱷背後生了雙翅，鱗身脊棘，頭大而長，鼻子和眼睛都很小，牙齒鋒利，尾尖長，四肢強壯，讓項羿更訝異的是，牠居然像人一樣站立著，還穿著一身血紅的鎧甲，手裡拿著一把墨綠色的三叉戟。

「來者何人，竟然敢擅闖天界？」巨鱷將三叉戟對著項羿。

「你是……？」項羿忍著笑。穿著如此，滿滑稽的。

巨鱷一邊持著三叉戟朝項羿殺去，一邊厲聲回道：「我是黃帝的部下應龍！」

項羿急忙抽出王怨，格住刺向自己面上的三叉戟。應龍佔了先機，使出八分力進逼。項羿暗暗叫糟，發覺這傢伙力量並不輸蚩尤，於是藉著被王怨卡住的三叉戟當作支點，弓起下半身在應龍胸前狠狠踹了兩腳，趁勢蹬開，翻了兩圈落在應龍面前不遠處。

「我沒工夫陪你瞎鬧。」應龍似乎不痛不癢，張開血盆大口，「你是不是該認真了？」

「好啊，我正有此意。」

項羿說完，從口袋中先拿出了橙黃色的靈石，吞了下去，接著又拿出天藍色的靈石嚥下，就這樣反覆動作十次。項羿拿出第十三顆靈石準備吞下時，應龍才發覺事情不妙，舞著三叉戟衝上前去，想要制止項羿把最後一顆靈石吞掉，但為時已晚。在應龍的三叉戟刺到項羿右手之前，項羿已經吞下了靈石，隨即全身被一股絳紫色的靈氣蔓延著，接近的應龍被反彈出去，摔倒在地。

「糟、糟了……得快去通知大王，這傢伙我對付不了啊……」

只是應龍還沒起身，項羿已經用右腳踩在牠背上，冷森森地笑著問道：「你想去哪？不陪我玩玩啦？」

「別看扁了我！」

應龍怒不可遏，但牠連起身的力氣都被壓制住，只能惡狠狠抬頭瞪著項羿。

「你連我一隻腳都打不過，不是我故意瞧不起你。」

項羿收起冷笑，腳下使勁一踏，應龍當場低吼一聲，渾身粉碎，連個影子都沒了，在四周觀戰的天界之兵，看著應龍活生生被項羿一腳消滅，先是一愣，接著各個面無血色，如鳥獸散。

項羿也不追趕，憑藉增強好幾倍的靈力，往他想要的東西的方向走去。

【第拾章・終局】

項羿打敗應龍後，朝著東北方走去，沒多久，遇到一面厚實的雲牆。雲牆上的雲像波浪般湧著，項羿毫不遲疑地走了進去。

穿過雲牆後，來到一處氣氛凝重的祭壇前，以祭壇為中心，西南、西北、正北、東北、東南各有一條道路延伸出去，而這五條道路也各自有著顏色，分別是金黃、雪白、墨黑、碧綠、緋紅。

項羿飛步走上祭壇，只見中央有個白色的石碑，但碑上並無一字。項羿抽出王怨，猛力砍向石碑中間，石碑應聲而裂，一道黑煙沖天而去。這時，五條道路閃耀起來，隨後全變成黑色。一頭巨大的猛獸從天而降，停在項羿的面前——顯然是剛剛那股黑煙化成的。

項羿凝神看著這形狀羊身、人臉虎齒、又有眼睛生在腋窩下，有著一雙人的手爪的巨獸，臉上的笑容越來越得意。

「是你把我放出來的嗎？」巨獸吼著，「涿鹿大戰之後，我被封印在這該死的五行祭壇……」

「服從我的指揮吧。」項羿直接說明來意。

「指揮？蚩尤在哪？我都被放出來了，他沒有理由不在這裡……」

「這樣聽起來，蚩尤跟你有什麼關係？」

「他是我的死對頭，我在涿鹿和他打了一場，結果我們都重傷……我先被倉頡率領的五行兵卒列陣封印起來，後來過了幾天，我感受到他也被封印，而且位置就在石碑上頭。話說回來，你的靈力不弱，正好吃了你，增強我的力量，再來跟他分出勝負。」

巨獸說完，伸手就要抓住項羿，與此同時，有人也登上祭壇。巨獸收回了手，轉頭向左看著來人——黑髮男子，身穿銀色甲冑，披著深紅戰袍。

「黃帝？這幾千年來，」巨獸齜牙咧嘴，「我被鎮得很難受啊。」

黃帝並不答話，只是看著項羿，說道：「是你把饕餮放出來的？」

「是啊，不過我還未馴服。」項羿聳肩答道。

「馴服？你想馴服誰啊？」

饕餮歪著頭，兩手指節格格作響，朝項羿搥打過去，項羿也不迴避，舉起王怨一擋，饕餮竟奈他不得，只能兩手壓在王怨劍上，僵持不下。

黃帝沉吟一會，再次對項羿說道：「你的力量，是傳說中的十四靈石吧。」

「實際上只有十三顆，有一顆已經被蚩尤吃下去了。」

項羿從容不迫，好像面前的饕餮，只是一頭普通的野獸。

「蚩尤？」黃帝臉色微變，「他也來到天界了嗎？」

「蚩尤的性命是我要取的，你們誰也別多管閒事！」饕餮使勁一推，把項羿震退數步。

項羿把王怨指著饕餮，說道：「蚩尤我沒興趣，他的性命隨便你處理。我只想問你，你要不要跟我合作？我幫你殺蚩尤和黃帝，你幫我稱霸這個世界。否則，我馬上消滅你，不會有絲毫猶疑。」

這時，倉頡帶著為數五十的五行兵卒趕到，先是指揮五行兵卒在祭壇周圍擺出戰鬥的陣勢，隨後走上祭壇，歉疚地對黃帝說道：「老夫失策，不該讓應龍獨守玥昀之陣的出口，以致賊人闖入五行祭壇，放出了饕餮。」

「算了吧，闖入祭壇的那人吃了十三顆靈石，就算讓你跟應龍同在，想必也是死路一條。」黃帝從背後抽出一把銳氣逼人，似乎能斬斷萬物的淡靛色的劍，淡淡地答道。

「不愧是黃帝，這麼明理。」項羿把視線對上饕餮目光，「你決定怎樣？」

「你叫什麼名字？我們合作吧……」饕餮轉身看著黃帝。

「我叫項羿。」

項羿話音剛落，黃帝決意先除掉饕餮，於是持著首天刺向饕餮胸前。饕餮伸出左手接住首天，打算把首天折斷，卻沒想到黃帝的力量遠遠出乎意料，加上首天本身極其鋒利，饕餮反倒被斬落了半個手掌，黑色的血馬上噴灑一地。

「我的手掌……你這傢伙！」

饕餮大吼一聲，前腳高高揚起，接著不停朝地上猛踏，祭壇劇烈搖晃起來，項羿心知祭壇將垮，於是迅速往後跳躍，躍到離祭壇數十公尺外的地方，而黃帝和倉頡也匆匆離開祭壇，一起退到五行兵卒的守衛陣勢裡。

只見祭壇在饕餮反覆的踩踏下，很快地在四起的煙塵中化成一堆碎石。饕餮撿起碎石，送入口中，大吃起來，讓人感到不可思議的是，饕餮左手的斷掌竟然痊癒了，完好如初。

黃帝又展開攻勢，以迅雷般的速度衝到饕餮身旁，把首天刺進饕餮右腋的眼睛裡，饕餮臉上的右眼也同樣受了刺傷。饕餮神色痛苦，一爪打向黃帝，黃帝拔出首天，側身閃過，接著又迅速地繞到饕餮左腋，故技重施。這下子饕餮四目俱瞎，雙手護眼哀嚎不已，黃帝退到饕餮面前幾十步遠，十分滿意地看著饕餮。

「我的眼睛！別以為這樣就能打敗我！」饕餮四目閉起，仍然血流不止，「項羿……你為什麼袖手旁觀！」

項羿神情像是確定了什麼，淡淡答道：「這裡就交給你對付了，我還要去另一個地方。」

「什麼！你居然打算把我扔在這裡！」

項羿未答，看了黃帝一眼之後，迅速地往西北方奔去。

「那傢伙……去的方向是五常之山……可惡！」

黃帝狠狠罵道，想要動身去追，饕餮卻憑著靈氣殺了過來，讓他只能再次退到五行兵卒的守衛陣勢。饕餮則是趁機撿起碎石吃下，治癒了兩對眼睛。

「雖然我不知道項羿要做什麼，但是你如果覺得能這樣就離開，也想得太簡單了——黃帝！」

饕餮吼道，其聲震耳欲聾。

「再耗下去，事情會無法收拾的……」黃帝一面從陣中殺出，一面指示倉頡，「快佈下幻生之陣！」

倉頡隨即閉上眼，對著黃帝的背影，做了躬身的動作。五行兵卒聽到黃帝的命令，自動地變換陣勢，在黃帝持劍砍上饕餮防衛的右臂時，幻生之陣也排列完畢。

饕餮睜目冷笑：「是因為我跟蚩尤鬥得精疲力盡，你才能得逞……難道你以為現在還鎮得住我？」

「這四千年來，倉頡帶領五行兵卒進行了長久的修練，能力早已不是你所能想像。如果你太大意，可能就不再只是鎮住你了。」黃帝退到倉頡身旁，莞爾，「你做好覺悟了嗎？」

饕餮正要出手之時，黃帝動身朝五常之山而去。饕餮想要追擊，卻發現留在眼前的，是嚴陣以待的倉頡和五行兵卒——突然之間，每一行都只剩下一個人而已。

「果然跟以前不一樣了……」饕餮環顧四周。

在陣央的倉頡見饕餮遲疑，很快下了指示：「第一陣，固守；第二陣，霆擊；第四陣，斬截。」

五行兵卒得令，最右方的紅鎧軍先是將刀劍收起，然後出陣，但並沒有攻擊，只是持盾停在饕餮附近。最左方的黑鎧軍接著從陣中殺出，雙手都拿著刀劍，目標自然是在饕餮身上。饕餮見黑鎧軍來勢洶洶，出手反擊，這時第四陣——綠鎧軍從黑鎧軍的左脅衝出抵禦，讓饕餮的攻擊打在劍上。黑鎧軍趁勢砍傷了饕餮數刀。饕餮大怒，揮起右爪想要抓住黑鎧軍，紅鎧軍卻跳了過來，以盾抵退了饕餮的右爪。

饕餮再次揚起右爪，連盾帶人抓住了紅鎧軍，說道：「去死吧。」

「第三陣，似幻。」倉頡立刻下了命令。

第三陣的白鎧軍舉劍，筆直地朝饕餮丟了過去。饕餮看著劍對自己而來，想要將手中的紅鎧軍拿來抵擋，卻發現紅鎧軍不見了，再定睛一看，飛來的劍也不見了——四下無人，只剩下自己，好像什麼事情都不曾發生過。

饕餮不敢大意，畢竟幾千年前的涿鹿之戰，自己可是吃過幻生之陣的悶虧。但現在敵不動的情況，讓饕餮忍不住怒意，四爪對著空氣揮舞起來。

「你是贏不了老夫的幻生之陣的。」倉頡緩緩說道。

「倉頡！快帶你的兵卒現身跟我一決勝負！」

「第五陣，蓄勢。」

「不要再躲藏了！乾脆我先去殺了黃帝！」饕餮大步往西北方走去。

「那可不行……全陣，移時。」

這時，出現了五行兵卒和倉頡，而五行兵卒——全數現身，層層包圍饕餮，所有兵卒都持劍對準了饕餮身上每一處，只要倉頡一聲令下，百把刀劍就會落下。

「你以為這樣就殺得了我？」饕餮有點惱怒地問。

「不信的話，就承受苦痛吧。」倉頡躬身，「全陣，絕命。」

倉頡語畢，五行兵卒各持的百把刀劍，立刻對饕餮攻擊。饕餮想要反擊和離開原地，卻怎麼也動不了，只能眼睜睜看著刀劍砍進了身軀各處，黑血灑落地面，讓眾兵卒感到一陣反胃，鬆手讓刀劍留在饕餮身上，退了數十步。與此同時，饕餮才明白——原來，倉頡和五行兵卒剛剛消失的時候，已經在地面上踩出五行祭壇的五道封印路，難怪會有被鎮壓的感受。

「可惡……我居然還是沒有辦法對付這個陣式……」

饕餮體無完膚，黑血沿著百把刀劍流著，身軀仍然動彈不得。

「四千年後，終於可以殺死你了——當時傳說不死身之一的你，饕餮。」

「哼……所以你也會用幻生之陣殺死蚩尤嗎？」

「這倒不用你煩惱了。」倉頡拈鬚，「全陣，心執。」

只見五行兵卒每個人都將自己的左手扶著右肘，右手掌心遮住雙眼，口中念念有詞，無法動彈的饕餮也只能靜觀其變。沒多久，饕餮突然全身感到痛楚，發現所有的刀劍居然慢慢刺進體內更深處，讓牠痛得顫抖起來。

「唔……嗚……嗚……」饕餮咬牙，「真有本事的話……就不要用這種卑鄙的方式困住我！」

「你撐不了多久的。」倉頡莞爾。

「為什麼……不在隱身的時候下令攻擊我？」

「既然你都問了，老夫就讓你死得明白。不在隱身的時候攻擊你，是因為幻生之陣還不完全，無法在第三陣的時候接觸外界的人。」

「原來如此……幾千年可以讓幻生之陣有這麼可怕的威力，也仍然有弱點……」

倉頡不語，直到所有的刀劍都刺進了饕餮體內後，才再次下令：「全陣，粲絕。」

只見五行兵卒變換手勢，右手掌心對著饕餮，左手則是握拳碰著右手手背，依然口中唸咒。沒多久，深厚的熾熱感從饕餮體內炸開了來，身上的百道傷痕隨後汩汩流出黑血，承受不了如此衝擊的饕餮，更是大口吐著血。

「似乎已經到了盡頭啊。」倉頡緩步走向饕餮，「究竟，你跟蚩尤誰比較強呢？」

「該死的倉頡……」饕餮苦於內傷和五道封印路，氣若游絲，「快殺了我……」

「當然。這場戰鬥，我並沒有讓你活著的打算。」

倉頡正要下令，上空卻突然烏雲密布，大有降雨之勢。就在眾人狐疑而仰望的時候，一名女子持著銀白色的劍，快步自倉頡後方斬來。倉頡連忙閃過，劍只削去衣袖一角。

「妳是誰？」倉頡退到五行兵卒附近。

「她是誰並不重要，但我是饕餮的舊識。」蚩尤走到嬴琦璇身邊，手中拿著蒼穹之玉。

「我的舊識？」饕餮嘴角仍流著血，看著蚩尤。

「我是蚩尤。」蚩尤從手臂中抽出歧焱，指著饕餮，「要不是你，我早殺了黃帝。」

「你怎麼可能會是蚩尤？」倉頡一臉不可置信，「跟我們印象中的模樣毫無相同之處。」

「雖然靈力變弱了……確實是你，蚩尤……」饕餮說道。

「看來你真的很狼狽啊。」蚩尤說完，用歧焱揮出波動直朝饕餮而去。

倉頡和五行兵卒見狀，早已避開，但饕餮無法動彈，那已經受了重傷的身體，只能硬生生地承受攻擊，雪上加霜。

「要不是這封印……」饕餮痛苦不已，四爪緊握。

「第三陣，似幻。」倉頡再度下令。

與此同時，五行兵卒每行又變成一個人，只見白鎧軍舉起右手，倉頡等人隨即消失。

「蚩尤……你變成這樣才狼狽吧？」饕餮勉強笑著，「那時候我們不分勝負，但現在，你根本贏不了我。」

「所以，我很感謝倉頡讓你動不了。」蚩尤箭步上前，用歧焱斬斷饕餮的右邊手爪，「在打倒黃帝之前，我要先收拾你！」

「唔……嗚……我的手……」

饕餮忍耐著痛楚，突然看見地面的五道封印路，正慢慢被無形的東西抹去，而自己似乎可以活動了。

「再見了，饕餮！」

蚩尤雙手握緊歧焱，躍起來朝饕餮頸上砍去，可是饕餮以左邊手爪抓住了刀身。歧焱的鋒利和高溫，還是對饕餮造成了傷害，黑血正從掌心流出。饕餮用力一甩，將蚩尤連刀帶人拋了出去，摔在嬴琦璇身邊。嬴琦璇見狀，連忙察看蚩尤是否受傷，站起身的蚩尤只是擺手。

「倘若那男人真的是蚩尤，你們二虎相爭，一方必死，一方必傷，屆時老夫再出來收拾殘局比較好吧？」倉頡呵呵地笑了起來，「饕餮，你該感謝老夫幫你消除了封印。」

「哼……」饕餮怒目看著蚩尤。

「我是不會死的，因為我有必須永遠保護的人。」

蚩尤走到嬴琦璇面前，背對著她，看著前方龐大的饕餮，臉上漾起微笑。

被倉頡解除鎮壓的饕餮，雖然身負重傷，但面對實力遠不如幾千年前的蚩尤，是絲毫不放在眼裡。

「蚩尤，你想我該怎麼解決你？」饕餮左邊手爪指節格格作響，看著嬴琦璇，「這個來路不明的女人……就是你說要永遠保護的人嗎？」

「原來你還滿聰明的。」蚩尤瞄了天空一眼，只見烏雲越聚越多。

「那我就先從她下手吧！」

饕餮說完，衝向蚩尤。牠知道蚩尤一定能閃過，但是那女人就未必了，不過蚩尤要是沒有避開，倒也無妨。

蚩尤決定正面迎擊——快步上前，在饕餮的雙爪打下來的時候，以歧焱奮力抵住，雖然很明顯再次對饕餮的掌心造成傷害，但饕餮似乎鐵了心，硬是用力往前，一步一步逼退蚩尤。蚩尤咬著牙想要撐住，終究還是阻止不了饕餮的蠻力，整個人也跟著一步一步退後。

這時，早就閃到一旁的嬴琦璇，看著蚩尤落居下風，心裡一急，抽出干將，跑過去刺向饕餮：「臭怪物，接劍吧！」

蚩尤和饕餮都訝異萬分，嬴琦璇居然動起武來。饕餮被殺得措手不及，才一眨眼，嬴琦璇的干將就已經刺進了五行兵卒所遺留的傷口——以靈魂鍛造出來的干將，在饕餮充斥惡意的身軀內，產生了莫大的震撼。一種凜然的流動在亂衝，饕餮只感到自己的力量在逐漸消失。蚩尤也察覺到了這樣的異變，趁機反過來逼退饕餮，而饕餮心知不妙，蓄足力量，以雙爪把蚩尤震開，接著順勢揮向嬴琦璇。

被震數十步的蚩尤想要動身去救，卻來不及——嬴琦璇愣在原地，看著饕餮攻來，突然一股無形的力量控制她的右手，把干將從饕餮體內抽出往上一斬，正好貫穿饕餮的掌心。饕餮痛得收回了手，迅速後退一段距離，怒視著嬴琦璇。

「琦璇，妳沒事吧？剛剛那一劍的反應真的太漂亮了！」

蚩尤跑到嬴琦璇身邊，護著她。

「我沒事……可是那不是我的反應，好像，有人在操縱我的手。」嬴琦璇低看自己的右手，卻發現整條手臂透著雪白色的光芒，嚇了一跳，「這……這是怎麼回事啊？」

饕餮罵道：「哼……就是妳後面那個傢伙做的！」

蚩尤和嬴琦璇立刻轉身看著後面——只見魏莛全身銀白，像越王八劍的幽靈，雙手抱胸，飄浮在兩人面前看著他們。

「魏莛——？」嬴琦璇和蚩尤睜大雙眼。

魏莛聳肩，說道：「這世界的定律是——我應該要灰飛煙滅的，但干將是容納靈魂的劍，因此我得以寄託其中。只要干將出鞘，我就能夠在危急之時，代替嬴姑娘的右手的意志進行干將的攻防。」

「謝謝你，魏莛。雖然我不是你所愛的嬴蓂公主，你仍然保護著我。」

「反正……弄假成真也沒有什麼不好。」魏莛隨後舉起右手，像是在戰鬥中拿著劍，朝饕餮攻了過去，「先打倒眼前的怪物吧。」

「欸，魏莛，等等，我還沒習慣這樣的戰鬥方式啦！」

嬴琦璇還沒反應過來，整個人就被向前的干將給拉著走。

「魏莛你太衝動了！琦璇怎麼能這樣打！」蚩尤連忙追了上去。

饕餮看著嬴琦璇再次攻了過來，心裡只覺得自己完全被小看了，惱怒的牠，將雙爪直直抓入地下，然後張開大口，吐出綿長的黑火燒向嬴琦璇，魏莛也不含糊，馬上改變干將的方向，引導嬴琦璇往右避開，跟隨在後的蚩尤也立刻向左閃避，讓黑火落在身後不遠處的地面，肆虐地燒成一片火牆。

「饕餮，你死心吧。」蚩尤在饕餮右前方停下腳步，「你就要輸了。」

「蚩尤……你在作夢嗎？你應該比誰都更清楚不過，我的暗燹，還沒有燒不死的獵物。」饕餮看著黑火蔓延，很快地圍住了自己和蚩尤他們，「接下來……這些火就會逼近我們，將範圍內的一切都燃燒殆盡。當然，不包括我——因為這些是我的血肉，碰到我，也只是回歸本體而已。」

「我一直在等你用這招。」蚩尤高舉左手，掌心握緊的東西正是蒼穹之玉，「當初要不是風伯和雨師被魃打敗，早就可以壓制你的暗燹，更不會有我方全軍覆沒的結局！如今，只要我降下暴雨，勝負就可以見分曉了。」

饕餮聞言，冷冷地答道：「我不相信你有這樣的本領！」

蚩尤不再回話，只是凝神——天空中的烏雲像漩渦般聚集，從一滴雨落在饕餮鼻尖上開始，不過頃刻，就下起了比對戰畢方時還要猛烈的大雨。不同以往的是，這次的雨水，只對著饕餮和黑火而落，蚩尤與嬴琦璇，是完全沒有淋濕。沒多久，黑火熄滅，蚩尤便止住暴雨，而饕餮前肢似乎失去站立的力量，讓牠只能跪坐在地。

「怎麼……可能……會這樣……」饕餮不停顫抖，「你明明比當時還不堪一擊啊……」

「我說過了，我有我必須保護的人。」蚩尤快步上前，用歧焱確實地從左方刺進饕餮心窩，「一切都結束了。」

饕餮雖然看上去非常痛苦，卻放聲獰笑起來：「哈哈哈……蚩尤啊，原來你變成人，也跟著變得天真了？就算一顆心死了，我仍是不死身哪……」

不待錯愕的蚩尤做出回應，嬴琦璇跑了過來，憑著自己的意志，把干將順勢刺進歧尨右邊，以堅定的眼神看著饕餮，說道：「其實，我也有我必須保護的人。」

「這……」饕餮瞪大了眼睛，「妳這女人……不可能……不可能知道我兩顆心的祕密啊……」

「因為你說得太多了。」嬴琦璇莞爾，「我只是做了個合理的推測。」

知道大勢已去，再也無法挽回敗局的饕餮，暗地張開雙爪掌心，不過在後方半空中觀戰的魏莛看得清清楚楚，馬上以劍向前突刺，讓嬴琦璇把干將刺得更深入。饕餮沒辦法出力，只能癱軟雙爪，像陡壁一樣大小不一的崩解，落到地面成為黑火，眨眼之間就熄滅。最後，饕餮只剩下那張人臉，留在嬴琦璇和蚩尤的腳尖前，與低頭的他們對看著，慘然一笑，漸漸透明，完全消逝。

「我們終於戰勝饕餮了。」嬴琦璇的臉頰滑下冷汗。

「贏是贏了，不過……」蚩尤手中的歧尨依然警戒，「有人還沒出來。」

「呵呵……原來蚩尤你還記得這件事啊……」倉頡出了聲，但未現身，「老夫萬萬沒有饕餮那麼好對付，你有辦法擊破老夫的幻生之陣嗎？」

此時，有一名頭綁深藍色頭巾，穿著淺藍色長袍的男子，也穿過了雲牆，來到五行祭壇，應聲而對：「我有辦法。」

嬴琦璇、蚩尤以及隱身的倉頡，都往回答的聲音來源看去，發現緩步背著一個小布袋走來的男子，竟然是風后。

「風后？你怎麼會來這裡？」蚩尤和嬴琦璇走了過去。

「玥昀之陣被破的時候，就是我能回來復仇的機會。」風后走到兩人面前，看了看四周，「五行祭壇被夷為平地……事情已經鬧得很大了，黃帝還坐得安穩，不打算出面嗎？」

倉頡反問：「風后，沒想到你會跟蚩尤相熟，難道你想謀逆嗎！」

「謀逆……？四千年前，如果不是我造出指南車，能突破蚩尤的霧里大陣嗎？如果不是我孤軍深入，能引誘出莽撞的雪猿，進而打亂蚩尤的部署嗎？」風后邊說，邊從小布袋中拿出了一個人頭大小的絳紫色木雕——騎兵模樣，身上有許多看似紊亂的刻痕，左手握韁，右手持劍直指前方——放在地上，「結果黃帝是怎麼對待我的？拘禁我在太虛幻境？」

「你是伏羲的後人，河圖的繼承者，若起動亂之心，天下將不再為大王所有，大王怎麼能不事先防備？」倉頡說得理直氣壯，「又恐殺了你有失大王的威信，所以幽禁你於太虛幻境，是最好的方法。」

「是啊，還派了魃和禺強就近監視我。任誰都必須承認，這個方法確實很好，但黃帝再怎麼會想，也想不到我有機會幫助蚩尤。」風后將視線放在蚩尤，「四千年前的幻生之陣，沒有現在這一陣。蚩尤，不知道你看出來了嗎？這一陣，像不像你的霧里大陣？所以唯一破解的方法就是——」

「直接攻擊佈陣者。」蚩尤肯定地回答。

「可是……現在要怎麼找到倉頡？」嬴琦璇背靠著蚩尤，雙手握緊干將防備。

風后指著地上的木雕騎兵，平靜說道：「就靠它了。」

嬴琦璇蹙眉，說道：「靠它？它該不會是指南車吧？我們現在的困境跟方向又沒關係。」

「指南車在涿鹿之戰後，就被黃帝下令毀掉了，不過我根本無所謂。它是我在太虛幻境時，一日一鏤，一夜一刻，應用河圖重新創造出來的指南車，叫做鬼指。鬼指只要聽到聲音，就能把該對象找出來，並加以束縛。」風后隨即命令鬼指，「目標，倉頡。」

風后說完，鬼指像有了生命，策馬向前奔去，在距離三人數十步之外的地方，停下腳步，隱身的倉頡當然也看見鬼指在自己附近停留，正要開口變換第五陣，但鬼指已經先發制人——手中的劍尖端冒出了濃厚的紫色煙圈，迅速困住倉頡，接著又冒出白色的雲圈、綠色的雲圈、黃色的雲圈、黑色的雲圈、紅色的雲圈，飛向附近，依序困住綠鎧軍、黃鎧軍、黑鎧軍、紅鎧軍、白鎧軍，導致倉頡與五行兵卒不得不現身，雖然想要掙脫鬼指的雲縛，卻徒勞無功。

「風后，你當真反了？」倉頡罵道。

「倉頡，告訴我，黃帝在哪裡？」風后走近倉頡，看著他。

「老夫沒有必要回答你，況且幻生之陣未敗。」

「看來我態度不強硬一點是不行了。」

倉頡沉默，風后也沒有什麼動作，只見鬼指將劍一揮，五行兵卒身上的雲圈，各自擴散起來，從頭頂到腳底，五行兵卒無一處不被淹沒，然後慢慢縮小，消失在眾人眼裡。

「如何？這樣你還覺得自己沒輸嗎？」風后一副輕鬆，「只要你老實回答我，我不會為難你。」

看到五行兵卒的下場，倉頡似乎是妥協了，答道：「大王……為了追趕一名賊人，已經動身前往五常之山。」

風后聞言，對走來的嬴琦璇和蚩尤說道：「五常之山位於此地西北方，不會很遠，五常之山跟五行祭壇一樣，都是天界的禁地。如果沒有意外，黃帝應該和倉頡所說的賊人在交戰了。」

蚩尤說道：「那名賊人，我覺得是項羿。」

嬴琦璇也點點頭，說道：「我們也趕快追過去吧。」

語畢，嬴琦璇和蚩尤便向西北方而去，走沒幾步，蚩尤像是想到了什麼，轉身問道：「風后，你不和我們一起過去打敗黃帝嗎？鬼指的力量絕對有幫助。」

「你們先去吧，我想釐清一些事情。」

「那你自己千萬小心。」

「我會的。」

蚩尤不便再多說什麼，回身和嬴琦璇往西北方跑去。

等到嬴琦璇他們進入遠處一面雲牆後，風后才讓鬼指解除困住倉頡的雲圈。與此同時，原本被滅的五行兵卒再次出現，從五個方向圍住了風后，以劍尖對著他，沒有逃脫的空隙。

「果然跟我想得一樣，沒有那麼容易就能擺平五行兵卒。倉頡，說穿了，只要你不死，幻生之陣就不會被破，對吧？」

「現在明白也不算太晚。老夫之所以會回答你大王的動向，是為了讓你消除戒心，而你也如預料般落入了圈套。」倉頡搖了搖頭，「你可是天下第一的智者啊，真讓老夫失望。」

「不這樣做，你又怎麼會讓麻煩的五行兵卒現形呢？」風后讓鬼指舉劍，從空中召出足以籠罩眾人之大的紫雲，「我讓鬼指行使了靄葬，在它眼裡的任何人，包括它自己，都逃不掉，也因為這樣，我才要蚩尤他們離開。你曾救過我，我本來不想殺你，但事已至此，就讓我們同歸於盡吧。」

「糟了。全陣——絕命！」

「太遲了。」

倉頡和五行兵卒，只能眼睜睜看著紫雲降了下來，接觸到頭頂的時候，就瞬間失去知覺，然後慢慢地，一層一層淹沒其中。而風后在被紫雲接觸到之前，則是覺悟地閉上了雙眼。

沉鬱迫人的紫雲，帶走風后，帶走倉頡，帶走五行兵卒，帶走鬼指——在地面凝聚，越來越小，最後成為虛無，什麼也沒有留下。

卻說項羿逕自穿過西北方的雲牆，一邊施法設下阻礙，一邊疾行了一段時間，才來到五常之山——眼前不到百步的距離，有一方幾十層樓高的茶褐色土丘，底層濃霧瀰漫，濃霧右邊不遠處，種植著五棵數丈高的松樹。每棵松樹的葉子都是上面蒼白，漸層到下面墨綠，主幹上都刻著一個斗大的字，從左至右依序為仁、義、禮、智、信。此外每棵松樹近底的部分，都有一條堅固的鎖鏈，延伸到濃霧之中。

師承陰陽的項羿，見了此景，走近數步，說道：「居然是鎮魄鏈，鎖著誰啊？」

濃霧之中，一陣幽幽的聲音回答：「自我被囚於此，已無人再來，更沒想到，你還擁有強大的力量。」

「你到底是誰，為何我在五行祭壇就能感應到你的靈氣，而且比饕餮更窮凶惡極……」

濃霧中的聲音沒有回答，可是項羿卻感覺到那被禁錮的東西，正慢慢接近自己，直到那東西自濃霧蜿蜒而出，項羿才清楚這五條鎮魄鏈，鎖的是什麼樣的恐怖——這兩層樓高的怪物有著一頭紅色亂髮，看似人的面孔上，有三道藍色的傷痕：第一道從左額劃至右眉尾，第二道由左眼尾劃過鼻尖至右嘴附近，最後一道則是從左臉頰接近邊緣的地方劃至右邊下巴邊緣，而鎮魄鏈都鎖在粗壯的腰際，更令人疑懼的是，怪物有著墨綠色的蛇身，鱗片似乎會散發惡臭，讓項羿忍不住皺了下眉頭。

怪物睥睨著項羿，說道：「共工。」

「原來你就是那個讓天傾西北，地陷東南的共工啊。」自恃靈石之力的項羿，並未慌亂，「不過我比較好奇的是，這是什麼地方？你又為何被囚禁於此？」

「看樣子……你不是天界之人。」共工看著那五棵高聳的松樹，「那些樹是五常之樹，是黃帝用來維繫天下秩序的根源，我花了四千年的時間，才讓樹葉蒼白一半，不過，一旦全白的時候，五常將蕩然無存，屆時鎮魄鏈也鎖不住我，我就可以再次引發洪流，讓四季渾沌，掌管萬物……哈哈哈哈！」

「黃帝不可能沒發現這樣的隱患……怎麼不趁此殺了你？」

「取共工的性命對首天劍來說易如反掌，只是當時顓頊勸我要以五常服天下，所以犧牲了自己，透過倉頡的封印陣化為五常之樹，將共工禁錮於此……四千年過去了，看來他還是冥頑不靈。」趕來阻止的黃帝，在項羿背後遠處現身，「項羿，你以為那些荊棘能夠阻擋我嗎？我要在這裡將你們都收拾掉。」

項羿聞言，也不回頭看看黃帝，抽出王怨，指著五常之樹，看著共工問道：「需要我幫你一把嗎……不，應該是請你幫我才對。」

「你決定吧。」共工神情漠然。

項羿揚起王怨，一道紅白交織的波動就從劍鋒沖出，往五常之樹快速而去，黃帝雖然也用首天揮出水藍色的波動，卻沒能及時阻止——王怨的波動砍斷了鎮魄鏈，首天的波動只是讓情況更加惡化——緊接著砍在同樣的地方，五常之樹搖晃不止，地面產生劇烈的震動。但黃帝、項羿以及共工依然穩穩地站著，注視五常之樹的樹葉，如一場大雪紛飛。

「終於……來自顓頊靈魂的鎮壓終於解除了……」共工衝離五常之山，仰天閉目，腰際的鎮魄鏈全部立刻碎裂在地，「黃帝啊，當初沒殺了我，你會後悔的。」

「你可別太猖狂，我隨時都可以取下你的首級。」黃帝冷峻地盯著共工。

「誰取誰的首級？沒有顓項和倉頡的介入，你贏不了我！」

「如果是像四千年前，在人間大地上交手，那我對你確實無可奈何，只能成全顓項自願的犧牲。不過這裡可是天界的五常之山，你以為有多少勝算？」

黃帝說完，高舉首天，五常之樹此時起了變化——仁之樹長出一條巨大的枝條，攻向共工，共工沒有避開的意思，可是枝條卻急轉直往項羿，項羿不慌不忙，出劍，斬斷了枝條。

看著項羿，共工說道：「你的力量到底是什麼？」

「是當年女媧補天遺留下來的十四靈石。因為這些石頭，女媧得以補天，平息洪水。」不待項羿出聲，黃帝先開了口，「共工啊，殺了他，你就能洩心頭之恨。」

「黃帝你說的是真的嗎？這力量居然來自女媧的靈石……」共工聞言，咬牙切齒，「我要殺了你……！」

「慢著，我幫你破壞鎮魄鏈，讓你得以脫身，結果你反倒要殺我？」項羿冷笑不止，「好你個共工……看來我只有連你和黃帝都打倒了。」

「廢話，我可沒有說過要跟你聯手。」

黃帝眼見挑撥已成，再度操縱仁之樹與義之樹，長出無數利劍般的枝條，往共工及項羿而去，也趁機退到五常之樹前，跟他們保持一定的距離。面對黃帝突然的進攻，共工甩動蛇尾，掃出一道靛藍色的波動，斬斷所有攻來的枝條；項羿則是衝上前，憑著俐落的劍法，將全部的枝條砍斷，和黃帝與共工形成了三角對峙。

「看來，只有比誰的力量比較強大了。」

共工語畢，口吐一道細流，灑落地面，只見看似尋常無奇的水，迅速流向共工身後，擴展成一片汪洋，波瀾萬千，原地的濃霧仍然靜止於水面，五常之山宛如孤島。即使自負如項羿，也不禁看傻了眼。

黃帝不敢鬆懈，說道：「這不是當時淹沒九州的渠生嗎？」

「那麼你該明白，要得這天下的人，是我共工！」

「你好像沒有聽懂我剛剛說過的話？」

面對共工的決絕與未知，項羿暗忖此時必須審慎出手，但他也擔心攻擊會針對自己，於是退到跟黃帝同樣的方向，靜觀其變。

共工臉上的第一道傷痕泛起藍光，身後的汪洋以滔天之勢，準備沖往黃帝與項羿所在的地方。項羿見勢不妙，想要逃離，可是又見到黃帝無動於衷，便打消逃跑的念頭，等著黃帝接下來的行動。

「想死的話，你就逃吧。」黃帝盯著共工，卻說話給項羿聽。

「你都沒有逃了，我又怎麼能被你小看。」項羿答道。

「看來你會察言觀色，很好。既然共工回絕你的提議，那你要不要跟我合作？」

「跟你合作……？憑什麼？我跟共工一樣，都要奪取這個世界。」

「那我就借共工之手除掉你吧。」

「好……你要我怎麼做？」

「持劍直接衝向共工，攻擊他。」

「你這不是叫我去尋死嗎？」

「你無路可退。」

聽到黃帝如此說，項羿也自知沒有其他選擇，於是動身衝向共工。才踏了幾個箭步，共工臉上的第二道傷痕也泛起藍光，身後蓄勢的汪洋衝出五道強勁的水流，直朝項羿捲去。黃帝讓五常之樹地底的樹根一路追隨項羿，在項羿前方幾十步遠的距離破土而出，直接碰上水流。令人訝異的是，水流並沒有破壞掉樹根，反而被引導，順著樹根的輪廓流進地底，五常之樹也越發茁壯。

項羿沒有停下腳步，很快地踏過樹根，逼近共工，共工也不慌張，讓三道傷痕都泛著藍光，洶湧的汪洋就降了下來，打向項羿。此時，一陣天搖地動，共工往身後一看，發現五常之山正在崩塌，土石紛紛掉落。落入汪洋裡的土石吸收水分，倍速增長，沒多久汪洋乾涸，土石合攏。就在共工與項羿驚疑的時候，五常之山又漸漸地恢復原貌——甚至比先前看起來更為高大了。

「這……不可能……」共工嘶吼起來，「我的渠生……當初可是擁有吞沒九州的力量啊！」

「水生木，土剋水……此為五行運轉的力量，像你這種只知道蠻橫的怪物，怎麼會懂？」黃帝答道。

共工正想發動攻擊，卻不料方才稍不留神，項羿已經殺到跟前。一躍，王怨當著他的面就是一斬——劍鋒吻合第二道傷痕，將共工的頭顱削去了一半。

共工倒地不起，渾身抖動，從頭顱汩汩湧出的血液，染了一地蔚藍。

項羿順勢落在滿地的藍血上，正想要靠近一點察看共工的狀況，卻發現自己的雙腳怎麼也動不了。這時重傷的共工突然立起，捲起蛇尾，迅速地從後攔腰連手纏住項羿。

藍血還是不停地流下，像渠生一樣，波及的範圍越來越廣。

「居然會……這樣你還不死？」項羿困於共工之力，「到底為什麼，我會動不了？」

「這些鮮血會讓你不能移動，憑這樣還是殺不了我的……你既然決定跟黃帝聯手，那就該得到應有的下場。」

「我才不會這樣束手就擒。」

項羿把全身的力量集中在雙臂上，硬是將纏住的蛇尾給撐開，往地上抬起，俐落地脫身，接著用王怨斬斷了蛇尾，但他的雙腳還是踐在血裡，無法移動，只能看著斷尾的共工失去平衡，再次倒地。

「看來，要擺脫這惱人的藍血，就得解決你。」項羿高舉王怨。

「你沒辦法的。」

項羿頓了一下，愕然發現藍血已經快速地緣著自己的腳而上，甚至先染盡項羿頸下持著王怨的右半身，然後漸漸攻陷左半身。項羿只剩下頭部還沒有被藍血所占據。

「混帳……」項羿完全喪失力氣，「沒想到我會這麼狼狽……」

共工沒有應聲，只是蠕動著，憑著靈氣找到了那被砍去的一半頭顱，接著張口吃掉。沒多久，共工的頭顱恢復原狀，看起來沒有受到一絲損害。

「真是危險啊。」共工的蛇尾也長了出來，再次捲住項羿的腰際，將他捲到面前，「你是個不應該存在的人物。」

「可……可惡……我太輕敵了……」

項羿終究缺少蚩尤那顆可以化作歧焱的赭紅色靈石，因此沒能將靈石的力量發揮到極致。倘若有十四靈石之力，剛剛砍穿共工面門的那一擊，是足以致共工於死地的。

「受死吧！」共工勒緊的力量越來越強烈。

就在共工壓抑項羿之際，觀戰許久的黃帝衝了過來，持著首天，奮力刺穿項羿的後心，也順勢刺進了共工的胸臆，自以為得計的共工，此刻面容滿是驚愕不已。

「唔……不……」項羿睜大眼睛，「我的……野心……怎麼會這樣……」

「你就跟你愚蠢的野心一起消逝吧。」黃帝將首天從共工胸臆抽出，提起劍勢，項羿剎那間就被斬開，隨後碎成粉末，王怨也因此掉落血中。

共工雖然只是被首天刺進胸臆，卻也遭到重創，藍血不斷從傷口流出，忍不住說道：「我不明白……我的藍血……你……是怎麼過來的……？」

「我只想再次強調，這裡，可是五常之山。」黃帝淡然，「看看我腳下吧。」

共工聞言，視線便落在黃帝腳下，發現黃帝踏在一路延伸而來，停在自己前面的五常之樹的巨大樹根上，而樹根騰空，自然不為藍血所礙。

共工苦笑，說道：「我早該料到，你還有這一招……」

「對付你，就得比你更狡猾。」

黃帝向前走了兩步，舉起首天，直指共工咽喉，正欲給共工補上最後的一擊，卻發現首天前半截已經發黑，只剩後半截仍然有著淡靛的顏色，心中大驚，若是以首天換了共工性命，首天恐怕從此將變成一把無用之物，往後得依靠什麼威震天界和太虛幻境？再說，蚩尤已經來到天界，沒有首天的自己一定打不贏蚩尤。

黃帝正在兩難，共工也發現了黃帝的躊躇不決，於是在黃帝的注視下，趁機往後一倒，倒在自己滿地的藍血中，黃帝見狀連忙跟上，低身以首天往幾乎沉沒的共工的臉上一刺，卻慢了一步，共工已經不見蹤影。

「糟了……這下可棘手了。」

看著如湖面般無一絲漣漪的藍血，黃帝警戒著四周。這時，暗泅的共工，來到黃帝後方不遠處的藍血裡，強忍首天帶來的痛苦，躍出藍色血面，用蛇尾猛力擊向樹根，只見樹根應聲斷裂。共工雖然完成了這一擊，但已經力竭難支，沒辦法再度進攻，只好順勢以蛇尾纏住樹根，等待反擊。

騰空的巨大樹根被截斷掉落，掀起不小的波濤，黃帝也差點因為腳步不穩而摔進藍血。不過他馬上用首天刺入樹根，撐住身子，等到樹根浸在藍血裡才抽出首天，轉身看著盤曲在另一端的共工。

黃帝和共工互相凝視幾秒，黃帝像是察覺了什麼——原來共工暗中讓藍血緣著樹根而上，已有前車之鑑，黃帝立刻動身衝向共工，藍血也從後面迅速地流過來，甚至直接從浸泡的部分侵蝕上來。

眼看就要沾染到黃帝的腳跟，藍血卻漸漸地消退，像受到強烈曝晒而導致乾涸見底。

「看來，好像是我快了一點。」黃帝嘴角微揚，手中的首天，刺穿共工的胸膛。

「沒想到，就差那麼一步……我還是敗給了你……」

共工變成湛藍的血水死去，像細雨一陣一陣沒入地面。黃帝原本想稍微鬆一口氣，卻又眉尖深鎖——首天的劍身已經全部墨黑，正在一點一點剝落，意味著絕世無雙的神兵從此不再有，五常之山與五常之樹的作用也無法隨心所欲——巨大樹根化為塵土。面對得勝所付出的慘痛代價，黃帝感到非常挫敗。

「好久不見了。」蚩尤和嬴琦璇正巧來到，「黃帝。」

「你果然來了。」黃帝冷笑一聲，「蚩尤。」

「你手中的那把劍是首天劍嗎？」蚩尤仍以歧燚警戒。

「是又如何。」

「你不認為很奇怪嗎？」嬴琦璇捱在蚩尤身旁，小聲問著，「照倉頡所言，項羿應該也在這裡，可是卻只見到黃帝一人，難道……」

「項羿被你殺了嗎？」蚩尤直接向黃帝發問。

「我是不知道你們和他有什麼恩怨，不過他和共工都被我所殺，你覺得你有辦法打贏我嗎？」

「項羿死了，正合我意，至於共工跟你之間的宿怨，與我無關，更別提你從來只有首天劍才令人生畏！」

蚩尤說完，雙手握緊歧焱，快步殺向黃帝。嬴琦璇拿著干將，也跟了上去。

首天此刻已經毀壞只剩劍柄，黃帝嘆了一口氣，棄之一旁，彎身拿起腳邊的王怨，擋下蚩尤的砍擊，卻因為力量過於懸殊，被逼得節節敗退。

「失去首天劍的你也太不堪一擊。」歧焱完全壓制王怨，蚩尤倒也不急著殺了黃帝，只是咬牙瞪著，「炎帝之仇，我族之恨，今日我要跟你算個清楚！」

「打敗項羿和共工後，我就有所覺悟了。」黃帝憑著意志硬撐，「但我決不會對你這個手下敗將認輸。」

嬴琦璇跟著用干將砍上王怨，說道：「蚩尤，別跟他廢話了！」

氣數已盡的黃帝被壓制，不停地往後退去。蚩尤抽回歧焱，接著右腳使勁一舉，將黃帝踢翻在地，手裡的王怨也落到了幾步之外。

黃帝口吐鮮血，想要掙扎起身，才一抬頭，就看見蚩尤的歧焱的刀尖，已經對準自己的頭頂。

「你說你覺悟了，那就由炎帝手下的我，」蚩尤舉起歧焱，「給你的罪惡一個結束。」

黃帝瞠目而視，冷汗滑過臉頰。

就在歧焱準備斬下之時，一名穿戴端莊，背後有著鮮豔雙翼的女人，從黃帝身後不遠處走來，說道：「蚩尤，先等一等。」

「妳是誰？」蚩尤停下動作，卻不敢鬆懈，因為來者靈力非同一般，「琦璇，小心點。」

「嗯，我知道。」嬴琦璇馬上退到蚩尤身後。

「妾身是九天玄女。」九天玄女神色和藹，「用不著如此驚慌。」

「九天玄女？」蚩尤恍然，「所以妳是封魂錄最初的持有者？」

「確實是妾身把封魂錄交給倉頡的。」

「那麼……妳是來救黃帝的嗎？」

「妾身來這裡，不是為了兵刃相見，再說，也打不贏你。」

「如果不打敗我，妳是救不了黃帝，但妳卻說不打算與我交戰……？」

「請聽妾身一言。」九天玄女先是看了黃帝一眼，才轉頭看著蚩尤，「功臣倉頡、風后、魃、應龍等人皆死，只剩黃帝一人，涿鹿之戰的恩怨幾乎煙消雲散，你的復仇之心是否也得到平復了？如今，首天劍毀於共工，黃帝失去威嚴之柱，地位已岌岌可危。倘若你將他殺了，固然是報了仇，天界也因此將陷入前所未有的動盪……」

聽到這裡，蚩尤忍不住冷笑，打斷九天玄女的話語，說道：「那正是我所要的結果。」

「一旦天界無序，太虛幻境也自然不再為天界所轄，寄託其中的轉生眾魂屆時是否會趁機紛亂人間界，妾身亦不得而知。唯一能明白的，是那種情況下，人間界不可能全身而退。」

「所以妳要我放過黃帝嗎？」

「孰輕孰重，我希望你好好思量。」

蚩尤並未立刻答話，只是轉身看著嬴琦璇，往事一幕幕湧上心頭，看了良久，終於開口：「琦璇，我們走吧。」

嬴琦璇一愣，連忙說道：「蚩尤，我們都打到這裡了，怎麼會……」

「琦璇，妳應該知道我的想法。」蚩尤收回歧焱，走到嬴琦璇背後，打開包包拿出封魂錄，「妳是我最在意的人。」

「可是……」

「別說了。」

蚩尤牽著嬴琦璇，回身走向九天玄女，把封魂錄交給她，說道：「比起沒有信義的黃帝，我傾向信任妳。這是我願意和談的誠意。」

「妾身非常感激。」九天玄女明白蚩尤的用意，接過封魂錄之後，全神貫注，以指在蚩尤身邊畫了一個圓圈，圓圈彷彿湖面，微微波動，「這是虛空之池，進去之後，會回到人間界。」

「謝謝妳。」

蚩尤答道，看了黃帝最後一眼，隨即牽著嬴琦璇，進入虛空之池。

仍然一股清流遍及全身，蚩尤和嬴琦璇一轉眼，就回到了人間界，待他們定神一看，發現身處嬴宅花園中央的水池旁，此時依舊白雪飄散。兩人在水池旁依偎坐著，感受這久違的安定。

沒多久，嬴琦璇轉頭說道：「我想到一件事。」

「什麼事？」蚩尤微笑，看著天空落下的雪。

「我把這場冒險寫成小說好不好？」

「那妳打算取名叫做什麼？」

「你覺得呢？」

「再也沒有比『封魂錄』更好的名字了。」

嬴琦璇盈盈笑著，蚩尤很快地轉頭，用脣禁止了她的發言權，舌尖也理所當然找到相同的柔軟，嬴琦璇害羞地閉起了眼，以不甘示弱的吻給蚩尤想要的答案。

全文完。

【後記】或盛開，或枯寂

◎楚影

十年了。這部小說的構想，在十年前就已成形，只是劇情和結局截然不同，現在想來，這樣比較好。

這些年來，不敢說想法上變得有多成熟，但也明白了很多事情，都是需要經過時間的沉澱。直至來日，才能看得更清楚，當時烙在心上的意義。或明，或滅，或盛開，或枯寂。寫作，更無疑如此。

即使我已經出了兩本詩集，我還是會詢問自己寫作的意義。畢竟浮生，亂世如斯，自己經歷也看過他人的離合，更想為自己留下什麼。

想留下的事太多了。想留下愛，也就記得了恨；想留下青春，也就記得了苦澀。舉凡一切想留下的起心，大多會伴隨著想遺忘的動念。

你想留下什麼？又會記得什麼？每次寫作，我總是在思考這樣的問題。這部《封魂錄》，我應該是想召喚過去的時光吧，那段兄弟仨一起窩在電腦前玩ＲＰＧ的時光。儘管現在遊戲的劇情越來越多元，畫面越來越精緻，但已經無法重回那樣的光景。

但是我可以留下當時隨遊戲過程起伏——存檔前後的苦惱（下次要怎麼過關）、開心（終於打倒某個BOSS）、難過（我方角色受到傷害）、好奇（接下來會怎麼發展）的種種感動，發展出身歷其境的想像，回憶時仍會微笑的深刻。

於是我開始用自己的文字，創造了一個空間，賦予許多古人生命，也虛構幾個人物。男主角蚩尤，我改變了他以往的形象——凶惡、跋扈。相對地，黃帝被我塑造為城府深密的反派。那時候，只覺得這樣的構想很有趣：「如果我們以為的歷史不是真實——那我們應該相信什麼？」當然，這樣的概念早已不足為奇，在文字的想像之下，任何情節都可能成形。我能做的，就是盡量使內容完善，對寫出的每個字句負責。

經過無數刪改，完成《封魂錄》之後，我又再次記得：無論是寫詩，或是寫小說，都是在說故事。

我喜歡說故事。我想一直說下去。

釀冒險13　PG1618

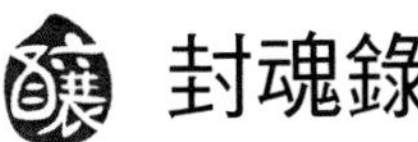

封魂錄

作　　者　楚　影
繪　　者　絢　日
責任編輯　辛秉學
圖文排版　杜心怡
封面設計　蔡瑋筠

出版策劃　釀出版
製作發行　秀威資訊科技股份有限公司
114 台北市內湖區瑞光路76巷65號1樓
電話：+886-2-2796-3638　傳真：+886-2-2796-1377
服務信箱：service@showwe.com.tw
http://www.showwe.com.tw
郵政劃撥　19563868　戶名：秀威資訊科技股份有限公司
展售門市　國家書店【松江門市】
104 台北市中山區松江路209號1樓
電話：+886-2-2518-0207　傳真：+886-2-2518-0778
網路訂購　秀威網路書店：http://www.bodbooks.com.tw
國家網路書店：http://www.govbooks.com.tw
法律顧問　毛國樑　律師
總 經 銷　聯合發行股份有限公司
231新北市新店區寶橋路235巷6弄6號4F
電話：+886-2-2917-8022　傳真：+886-2-2915-6275

出版日期　2017年5月　BOD一版
定　　價　280元

Printed in Taiwan

國家圖書館出版品預行編目

封魂錄 / 楚影著. -- 一版. -- 臺北市 : 釀出版,
2017.05

面； 公分

BOD版

ISBN 978-986-445-137-1(平裝)

857.7 105012570

讀者回函卡

感謝您購買本書，為提升服務品質，請填妥以下資料，將讀者回函卡直接寄回或傳真本公司，收到您的寶貴意見後，我們會收藏記錄及檢討，謝謝！

如您需要了解本公司最新出版書目、購書優惠或企劃活動，歡迎您上網查詢或下載相關資料：http:// www.showwe.com.tw

您購買的書名：________________________________

出生日期：________年________月________日

學歷：□高中（含）以下　□大專　□研究所（含）以上

職業：□製造業　□金融業　□資訊業　□軍警　□傳播業　□自由業

　　　□服務業　□公務員　□教職　□學生　□家管　□其它____

購書地點：□網路書店　□實體書店　□書展　□郵購　□贈閱　□其他

您從何得知本書的消息？

□網路書店　□實體書店　□網路搜尋　□電子報　□書訊　□雜誌

□傳播媒體　□親友推薦　□網站推薦　□部落格　□其他________

您對本書的評價：（請填代號　1.非常滿意　2.滿意　3.尚可　4.再改進）

封面設計____　版面編排____　內容____　文／譯筆____　價格____

讀完書後您覺得：

□很有收穫　□有收穫　□收穫不多　□沒收穫

對我們的建議：________________________________

____

____

____

請貼
郵票

11466
台北市內湖區瑞光路 76 巷 65 號 1 樓
秀威資訊科技股份有限公司 收
BOD 數位出版事業部

（請沿線對折寄回，謝謝！）

姓　　名：＿＿＿＿＿＿＿＿＿＿　年齡：＿＿＿＿　性別：□女　□男

郵遞區號：□□□□□

地　　址：＿＿＿＿＿＿＿＿＿＿＿＿＿＿＿＿＿＿＿＿＿＿＿＿＿＿

聯絡電話：（日）＿＿＿＿＿＿＿＿＿＿＿＿（夜）＿＿＿＿＿＿＿＿＿＿＿＿

E-mail：＿＿＿＿＿＿＿＿＿＿＿＿＿＿＿＿＿＿＿＿＿＿＿＿＿＿